目錄 mù lù
Table of contents

1

認識注音符號與漢語拼音
rèn shì zhù yīn fú hào yǔ hàn yǔ pīn yīn
Pag-unawa sa Palatitikan ng Taiwanese Mandarin at
Romanisasyon ng Mandarin Chinese

注音符號字母表
zhù yīn fú hào zì mǔ biǎo
Palatinigan ng Taiwanese Mandarin (Katinig)

CD1 01

聲調 shēng diào
Pagbabago sa tono ng pantig

	注音符號 Palatitikan ng Taiwanese Mandarin	漢語拼音 Romanisasyon ng Mandarin Chinese
一聲 yī shēng Lebel ng tono/ Tono ng boses		—
二聲 èr shēng Pagtaas ng tono	╱	´
三聲 sān shēng Pagbaba at pagtaas ng tono	╲╱	ˇ
四聲 sì shēng Pagbaba ng tono	╲	`
輕聲 qīng shēng Neutral na tono	●	

聲ㄕㄥ 調ㄉㄧㄠˋ 練ㄌㄧㄢˋ 習ㄒㄧˊ

shēng diào liàn xí

Pagsasanay sa pagbabago ng pitch/tono ng pantig

一ㄧ 聲ㄕㄥ	衣ㄧ yī	八ㄅㄚ bā	
二ㄦˋ 聲ㄕㄥ	疑ㄧˊ yí	拔ㄅㄚˊ bá	
三ㄙㄢ 聲ㄕㄥ	以ㄧˇ yǐ	把ㄅㄚˇ bǎ	
四ㄙˋ 聲ㄕㄥ	易ㄧˋ yì	爸ㄅㄚˋ bà	
輕ㄑㄧㄥ 聲ㄕㄥ	的ㄉㄜ de	了ㄌㄜ le	吧ㄅㄚ ba

聲ㄕㄥ母ㄇㄨˇ表ㄅㄧㄠˇ

shēng mǔ biǎo
Table ng mga Katinig

注ㄓㄨˋ音ㄧㄣ符ㄈㄨˊ號ㄏㄠˋ	漢ㄏㄢˋ語ㄩˇ拼ㄆㄧㄣ音ㄧㄣ	注ㄓㄨˋ音ㄧㄣ符ㄈㄨˊ號ㄏㄠˋ	漢ㄏㄢˋ語ㄩˇ拼ㄆㄧㄣ音ㄧㄣ
ㄅ	b	ㄐ	j
ㄆ	p	ㄑ	q
ㄇ	m	ㄒ	x
ㄈ	f	ㄓ	zh
ㄉ	d	ㄔ	ch
ㄊ	t	ㄕ	sh
ㄋ	n	ㄖ	r
ㄌ	l	ㄗ	z
ㄍ	g	ㄘ	c
ㄎ	k	ㄙ	s
ㄏ	h		

韻母表
yùn mǔ biǎo
Table ng Patinig

注音符號	漢語拼音	注音符號	漢語拼音
ㄚ	a	ㄧㄢ	ian
ㄛ	o	ㄧㄣ	in
ㄜ	e	ㄧㄤ	iang
ㄝ	ê	ㄧㄥ	ing
ㄞ	ai	ㄨ	u
ㄟ	ei	ㄨㄚ	ua
ㄠ	ao	ㄨㄛ	uo
ㄡ	ou	ㄨㄞ	uai
ㄢ	an	ㄨㄟ	ui
ㄣ	en	ㄨㄢ	uan
ㄤ	ang	ㄨㄣ	un
ㄥ	eng	ㄨㄤ	uang
ㄦ	er	ㄨㄥ	-ong
ㄧ	i	ㄩ	ü
ㄧㄚ	ia	ㄩㄝ	üe
ㄧㄝ	ie	ㄩㄢ	üan
ㄧㄞ	iai	ㄩㄣ	ün
ㄧㄠ	iao	ㄩㄥ	iong
ㄧㄡ	iu		

1) 聲母 Katinig

CD1 04

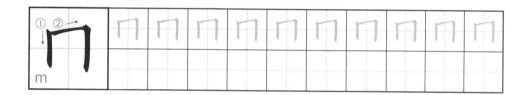

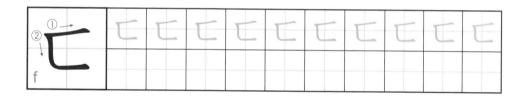

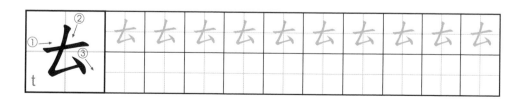

11

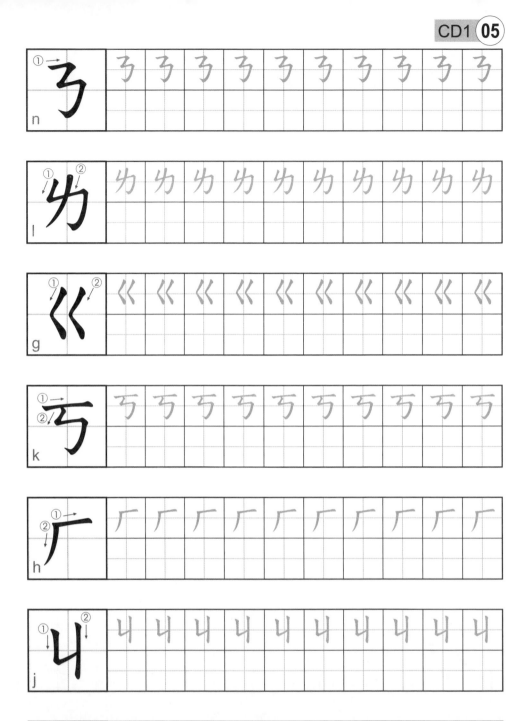

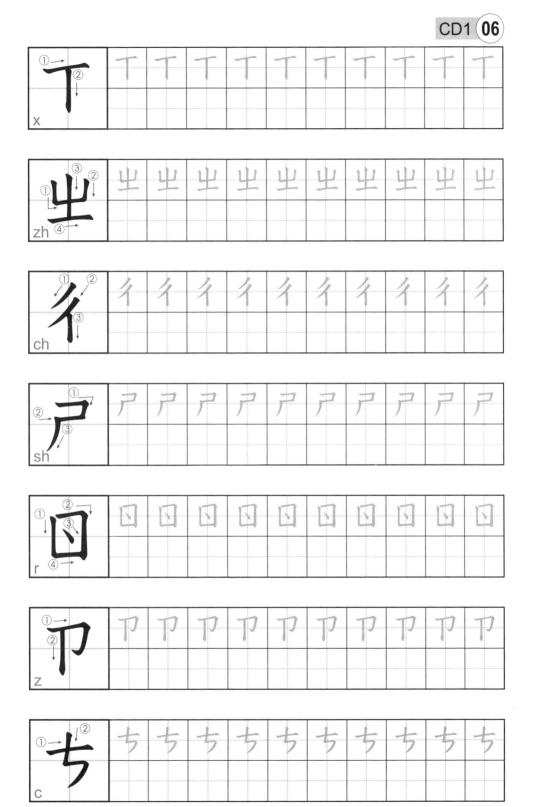

2) 韻ㄩㄣˋ母ㄇㄨˇ Patinig

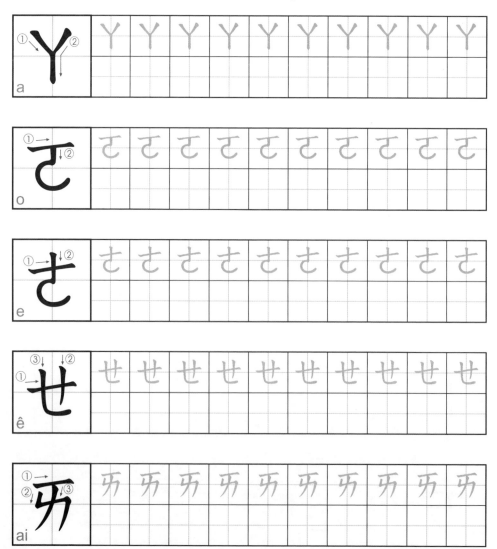

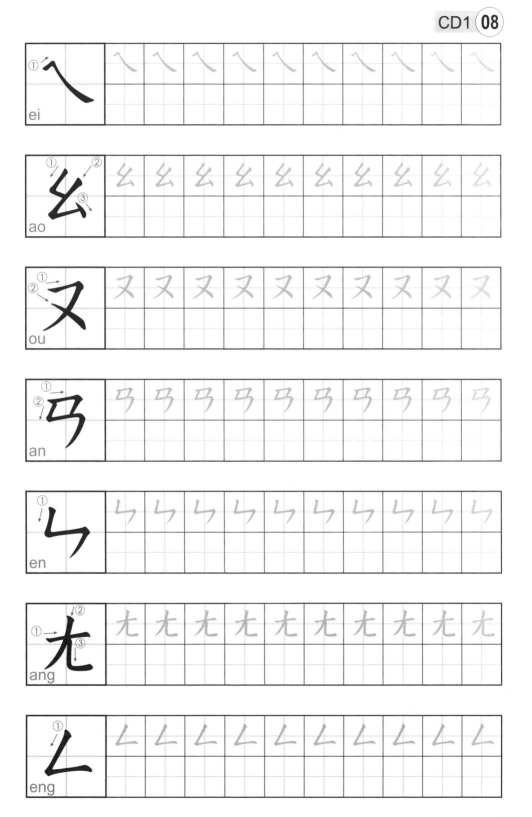

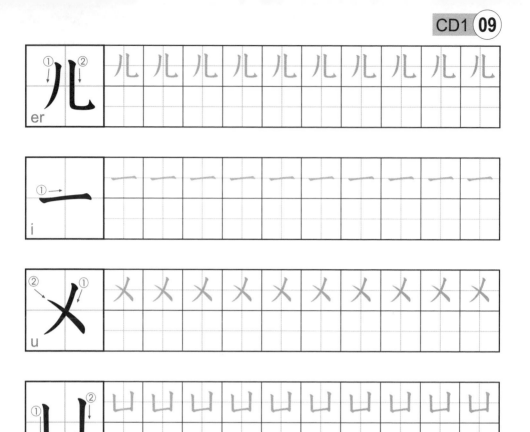

命 令 與 請 求 用 語
mìng lìng yǔ qǐng qiú yòng yǔ
Gamit na mga salitang pang utos at pakiusap

CD1 (10)

○ 請進來。
qǐng jìn lái
Tuloy po kayo.

○ 請出去。
qǐng chū qù
Paumanhin labas na po kayo.

○ 請到這兒來。
qǐng dào zhè ér lái
Pumunta lang po dito.

○ 請說。
qǐng shuō
Magsalita ka.

○ 請聽我說。
qǐng tīng wǒ shuō
Maaari bang makinig ka sa sasabihin ko.

○ 請隨我來。
qǐng suí wǒ lái
Maarri bang sumunod lamang saakin.

拿ㄋㄚˊ過ㄍㄨㄛˋ來ㄌㄞˊ。
ná guò lái
Dalhin mo dito.

拿ㄋㄚˊ出ㄔㄨ去ㄑㄩˋ。
ná chū qù
Dalhin mo palabas.

不ㄅㄨˋ要ㄧㄠˋ忘ㄨㄤˋ記ㄐㄧˋ。
bú yào wàng jì
Huwag mong kalimutan.

不ㄅㄨˋ要ㄧㄠˋ吸ㄒㄧ煙ㄧㄢ！
bú yào xī yān
Huwag manigarilyo!

向ㄒㄧㄤˋ左ㄗㄨㄛˇ轉ㄓㄨㄢˇ。
xiàng zuǒ zhuǎn
Kaliwa lang po.

向ㄒㄧㄤˋ右ㄧㄡˋ轉ㄓㄨㄢˇ。
xiàng yòu zhuǎn
Kanan lang po.

向ㄒㄧㄤˋ前ㄑㄧㄢˊ走ㄗㄡˇ。
xiàng qián zǒu
Diretso lang po.

向ㄒㄧㄤˋ後ㄏㄡˋ轉ㄓㄨㄢˇ。
xiàng hòu zhuǎn
Bumalik lang po.

○ 請﹙ㄑㄧㄥˇ﹚等﹙ㄉㄥˇ﹚一﹙ㄧ﹚下﹙ㄒㄧㄚˋ﹚。
qǐng děng yí xià
Sandali lang po.

○ 請﹙ㄑㄧㄥˇ﹚幫﹙ㄅㄤ﹚我﹙ㄨㄛˇ﹚。
qǐng bāng wǒ
Maaari mo ba akong tulungan.

○ 請﹙ㄑㄧㄥˇ﹚到﹙ㄉㄠˋ﹚這﹙ㄓㄜˋ﹚邊﹙ㄅㄧㄢ﹚來﹙ㄌㄞˊ﹚。
qǐng dào zhè biān lái
Maaari bang pumunta dito.

○ 請﹙ㄑㄧㄥˇ﹚小﹙ㄒㄧㄠˇ﹚心﹙ㄒㄧㄣ﹚走﹙ㄗㄡˇ﹚。
qǐng xiǎo xīn zǒu
Mag ingat sa paglalakad.

○ 請﹙ㄑㄧㄥˇ﹚填﹙ㄊㄧㄢˊ﹚寫﹙ㄒㄧㄝˇ﹚這﹙ㄓㄜˋ﹚張﹙ㄓㄤ﹚表﹙ㄅㄧㄠˇ﹚格﹙ㄍㄜˊ﹚。
qǐng tián xiě zhè zhāng biǎo gé
Paki fill-up lang itong form.

○ 我﹙ㄨㄛˇ﹚可﹙ㄎㄜˇ﹚以﹙ㄧˇ﹚離﹙ㄌㄧˊ﹚開﹙ㄎㄞ﹚了﹙ㄌㄜ﹚嗎﹙ㄇㄚ﹚？
wǒ kě yǐ lí kāi le ma
Maaari na ba akong umalis?

○ 我﹙ㄨㄛˇ﹚可﹙ㄎㄜˇ﹚以﹙ㄧˇ﹚請﹙ㄑㄧㄥˇ﹚你﹙ㄋㄧˇ﹚幫﹙ㄅㄤ﹚忙﹙ㄇㄤˊ﹚嗎﹙ㄇㄚ﹚？
wǒ kě yǐ qǐng nǐ bāng máng ma
Maaari ba akong humingi ng tulong sa iyo?

○ 我﹙ㄨㄛˇ﹚可﹙ㄎㄜˇ﹚以﹙ㄧˇ﹚進﹙ㄐㄧㄣˋ﹚來﹙ㄌㄞˊ﹚嗎﹙ㄇㄚ﹚？
wǒ kě yǐ jìn lái ma
Maaari ba akong pumasok?

● 請說得稍慢一點。

qǐng shuō de shāo màn yì diǎn

Maaari bang bagalan mo ang pagsasalita?

● 請告訴我洗手間在那兒？

qǐng gào sù wǒ xǐ shǒu jiān zài nǎ ér

Maaari mo bang sabihin sa akin kung nasaan ang C.R.?

簡單問句

jiǎn dān wèn jù

Mga simpleng tanong

○ 這是什麼？

zhè shì shén me

Ano ito?

○ 那是什麼？

nà shì shén me

Ano iyan?

○ 你叫什麼名字？

nǐ jiào shén me míng zì

Ano ang pangalan mo?

○ 你想要什麼？

nǐ xiǎng yào shén me

Ano ang gusto mo?

○ 什麼事？

shén me shì

Ano / bakit?

○ 多少錢？

duō shǎo qián

Magkano?

今天是什麼日子（幾號）？
jīn tiān shì shén me rì zi (jǐ hào)
Anong petsa ba ngayon (araw)?

今天是星期幾？
jīn tiān shì xīng qí jǐ
Anong araw ba ngayon?

幾點鐘了？
jǐ diǎn zhōng le
Anong oras na?

你在找什麼？
nǐ zài zhǎo shén me
Anong hinahanap mo?

你說什麼？
nǐ shuō shén me
Anong sabi mo?

他在忙些什麼？
tā zài máng xiē shén me
Anong pinagkaka-abalahan mo?

你是哪一國人？
nǐ shì nǎ yì guó rén
Taga saang bansa ka?

你喜歡哪種顏色？
nǐ xǐ huān nǎ zhǒng yán sè
Anong kulay ang gusto mo?

◎ 哪一個是你的？
nǎ yí ge shì nǐ de
Ano ang sa iyo diyan?

◎ 哪一個最好？
nǎ yí ge zuì hǎo
Ano ang masmaganda?

◎ 你要哪一個？
nǐ yào nǎ yí ge
Ano ang gusto mo?

◎ 誰這樣說的？
shéi zhè yàng shuō de
Sinong nagsabi ng ganun?

◎ 誰告訴你的？
shéi gào sù nǐ de
Sinong may sabi sa iyo?

◎ 你是誰？
nǐ shì shéi
Sino ka?

◎ 你好嗎？
nǐ hǎo ma
Kumusta ka?

◎ 誰教你學菲律賓語？
shéi jiāo nǐ xué fēi lǜ bīn yǔ
Sinong nagturo sa iyo ng tagalog?

○ 它賣多少錢？
tā mài duō shǎo qián
Magkano ang benta niya?

○ 一共多少錢？
yí gòng duō shǎo qián
Magkano lahat?

○ 這一個怎樣？
zhè yī ge zěn yàng
paano ba ito?

○ 你近來好嗎？
nǐ jìn lái hǎo ma
Ayos ka lang ba?

○ 你今年幾歲？
nǐ jīn nián jǐ suì
Ilang taon ka ngayon?

○ 你喜歡它嗎？
nǐ xǐ huān tā ma
Gusto mo ba nito?

○ 費用怎樣計算？
fèi yòng zěn yàng jì suàn
Paano ang bilang ng babayarin?

○ 我還要等多久？
wǒ hái yào děng duō jiǔ
Gaano katagal pa ako mag-hihintay?

● 你去哪兒？
nǐ qù nǎ ér
Saan ka pupunta?

● 他住在哪裏？
tā zhù zài nǎ lǐ
Saan siya nakatira?

● 他在哪裏？
tā zài nǎ lǐ
Nasaan siya?

● 他什麼時候才會來呢？
tā shén me shí hòu cái huì lái ne
Kailan ba siya makakarating?

● 他什麼時候回來呢？
tā shén me shí hòu huí lái ne
Kailan siya babalik?

● 你什麼時候有空？
nǐ shén me shí hòu yǒu kòng
Kailan ka may oras?

● 這兒什麼時候打烊？
zhè ér shén me shí hòu dǎ yáng
Anong oras ba magsasara dito?

● 你喜歡我嗎？
nǐ xǐ huān wǒ ma
Gusto mo ba ako?

● 你ㄋㄧˇ認ㄖㄣˋ識ㄕˋ他ㄊㄚ嗎ㄇㄚ˙？
nǐ rèn shì tā ma
Kilala mo ba siya?

● 你ㄋㄧˇ喜ㄒㄧˇ歡ㄏㄨㄢ菲ㄈㄟ律ㄌㄩˋ賓ㄅㄧㄣ菜ㄘㄞˋ嗎ㄇㄚ˙？
nǐ xǐ huān fēi lǜ bīn cài ma
Gusto mo ba ng pagkaing Pilipino?

● 你ㄋㄧˇ喜ㄒㄧˇ歡ㄏㄨㄢ中ㄓㄨㄥ餐ㄘㄢ嗎ㄇㄚ˙？
nǐ xǐ huān zhōng cān ma
Gusto mo bang pagkaing intsik?

● 我ㄨㄛˇ可ㄎㄜˇ以ㄧˇ試ㄕˋ穿ㄔㄨㄢ嗎ㄇㄚ˙？
wǒ kě yǐ shì chuān ma
Maaari ko bang sukatin?

● 你ㄋㄧˇ現ㄒㄧㄢˋ在ㄗㄞˋ很ㄏㄣˇ忙ㄇㄤˊ嗎ㄇㄚ˙？
nǐ xiàn zài hěn máng ma
Abala ka ba ngayon?

● 你ㄋㄧˇ現ㄒㄧㄢˋ在ㄗㄞˋ有ㄧㄡˇ空ㄎㄨㄥˋ嗎ㄇㄚ˙？
nǐ xiàn zài yǒu kòng ma
Hindi ka ba abala ngayon?

● 你ㄋㄧˇ現ㄒㄧㄢˋ在ㄗㄞˋ要ㄧㄠˋ去ㄑㄩˋ了ㄌㄜ˙嗎ㄇㄚ˙？
nǐ xiàn zài yào qù le ma
Aalis ka na ba ngayon?

● 是ㄕˋ那ㄋㄚˋ樣ㄧㄤˋ嗎ㄇㄚ˙？
shì nà yàng ma
Ganun ba yun?

你可以再減一點價錢嗎？
nǐ kě yǐ zài jiǎn yī diǎn jià qián ma
Maaari mo bang bawasan pa ang presyo?

有折扣嗎？
yǒu shé kòu ma
May bawas (discount) pa ba?

這是你所要的嗎？
zhè shì nǐ suǒ yào de ma
Ito lang ba ang kailangan mo?

有空位子嗎？
yǒu kòng wèi zi ma
Mayroon pa bang bakante?

李先生在嗎？
lǐ xiān shēng zài ma
Nandiyan ba si Mr. Lee?

它離這兒遠嗎？
tā lí zhè ér yuǎn ma
Malayo ba doon?

你等了很久了嗎？
nǐ děng le hěn jiǔ le ma
Matagal ka na bang nag-hihintay?

你能告訴我什麼時候嗎？
nǐ néng gào sù wǒ shén me shí hòu ma
Maari mo bang sabihin sa akin kung kailan?

● 我ㄨㄛˇ可ㄎㄜˇ以ㄧˇ為ㄨㄟˋ你ㄋㄧˇ效ㄒㄧㄠˋ勞ㄌㄠˊ嗎ㄇㄚ˙？
wǒ kě yǐ wèi nǐ xiào láo ma
Maaari ba akong makatulong?

● 你ㄋㄧˇ會ㄏㄨㄟˋ說ㄕㄨㄛ中ㄓㄨㄥ國ㄍㄨㄛˊ話ㄏㄨㄚˋ嗎ㄇㄚ˙？
nǐ huì shuō zhōng guó huà ma
Marunong ka bang mag intsik?

簡_{ㄐㄧㄢ}單_{ㄉㄢ}答_{ㄉㄚ}句_{ㄐㄩ}

jiǎn dān dá jù

Simpleng mga Sagot

是_ㄕ。 shì Oo.	不_{ㄅㄨ}是_ㄕ。 bú shì Hindi.
有_{ㄧㄡ}。 yǒu Mayroon.	沒_{ㄇㄟ}有_{ㄧㄡ}。 méi yǒu Wala.
可_{ㄎㄜ}以_ㄧ。 kě yǐ Maaari / pwede.	不_{ㄅㄨ}可_{ㄎㄜ}以_ㄧ。 bù kě yǐ Hindi maaari. / Hindi Pwede.
在_{ㄗㄞ}。 zài Nasa.	不_{ㄅㄨ}在_{ㄗㄞ}。 bú zài Wala nasa.
我_{ㄨㄛ}很_{ㄏㄣ}忙_{ㄇㄤ}。 wǒ hěn máng Abala ako.	我_{ㄨㄛ}不_{ㄅㄨ}忙_{ㄇㄤ}。 wǒ bù máng Hindi ako abala.
我_{ㄨㄛ}有_{ㄧㄡ}空_{ㄎㄨㄥ}。 wǒ yǒu kòng May oras ako.	我_{ㄨㄛ}沒_{ㄇㄟ}空_{ㄎㄨㄥ}。 wǒ méi kòng Wala akong oras.

很ㄏㄣ大ㄉㄚ。 hěn dà Pinaka malaki.	很ㄏㄣ小ㄒㄧㄠ。 hěn xiǎo Pinaka maliit.
很ㄏㄣ近ㄐㄧㄣ。 hěn jìn Pinaka malapit.	很ㄏㄣ遠ㄩㄢ。 hěn yuǎn Pinaka malayo.
很ㄏㄣ長ㄔㄤ。 hěn cháng Pinaka mahaba.	很ㄏㄣ短ㄉㄨㄢ。 hěn duǎn Pinaka maigsi.
很ㄏㄣ深ㄕㄣ。 hěn shēn Pinaka malalim.	很ㄏㄣ淺ㄑㄧㄢ。 hěn qiǎn Pinaka mababaw.
很ㄏㄣ高ㄍㄠ。 hěn gāo Pinaka mataas.	很ㄏㄣ低ㄉㄧ。 hěn dī Pinaka mababa.
很ㄏㄣ寬ㄎㄨㄢ。 hěn kuān Pinaka malawak.	很ㄏㄣ鬆ㄙㄨㄥ。 hěn sōng Pinaka maluwag.
不ㄅㄨ久ㄐㄧㄡ。 bù jiǔ Hindi magtatagal.	很ㄏㄣ久ㄐㄧㄡ。 hěn jiǔ Pinaka matagal.
很ㄏㄣ快ㄎㄨㄞ。 hěn kuài Pinaka mabilis.	很ㄏㄣ慢ㄇㄢ。 hěn màn Pinaka mabagal.

很急。 hěn jí Kailangan agad.	不急。 bù jí Hindi kailangan agad.
真好吃。 zhēn hǎo chī Masarap talaga.	真難吃。 zhēn nán chī Hindi talaga masarap.
喜歡。 xǐ huān Gusto.	不喜歡。 bù xǐ huān Hindi gusto.
我知道。 wǒ zhī dào Alam ko.	我不知道。 wǒ bù zhī dào Hindi ko alam.
我懂。 wǒ dǒng Naiintindihan ko.	我不懂。 wǒ bù dǒng Hindi ko naiintindihan.
這就是了。 zhè jiù shì le Ito na iyun. / ganun talaga.	我兩樣都喜歡。 wǒ liǎng yàng dōu xǐ huān Gusto ko itong dalawang klase.
我不吸煙的。 wǒ bù xī yān de Hindi ako naninigarilyo.	我要一杯啤酒。 wǒ yào yì bēi pí jiǔ Gusto ko ng isang basong beer.
我很好，謝謝你。 wǒ hěn hǎo xiè xie nǐ Mabuti, salamat.	好的，請便。 hǎo de qǐng biàn Ok, kahit ano.

很久沒見到你了。 hěn jiǔ méi jiàn dào nǐ le Ang tagal kitang hindi nakita.	是，我會的。 shì wǒ huì de Sige, gagawin ko.
我正要找你。 wǒ zhèng yào zhǎo nǐ Mabuti nahanap kita.	好的，我很高興為你效勞。 hǎo de，wǒ hěn gāo xìng wèi nǐ xiào láo Ok, Masaya ako at nakatulong ako sa iyo.
好的，我不會忘記。 hǎo de wǒ bú huì wàng jì Sige, hindi ko makakalimutan.	不必介意。 bú bì jiè yì Huwag dadamdamin.
哪兒的話。 nǎ ér de huà Walang anuman.	我實在很抱歉。 wǒ shí zài hěn bào qiàn Sorry talaga.

我很抱歉，我不能幫助你。
wǒ hěn bào qiàn wǒ bù néng bāng zhù nǐ
Sorry, hindi kita matutulungan.

啊，不要緊的。 a bú yào jǐn de Ah, walang anuman.	那是不必要的。 nà shì bú bì yào de Hindi na kailangan iyan.

我聽了很難過。
wǒ tīng le hěn nán guò
Masakit marinig.

你打錯電話號碼了。

nǐ dǎ cuò diàn huà hào mǎ le

Mali ang tinawagan mong numero ng telepono.

請等一等。

qǐng děng yī děng

Sandali lang. (may kausap pa sa telepono)

真高興見到你。

zhēn gāo xìng jiàn dào nǐ

Talagang Masaya at nakita kita.

對不起，我打擾你了。

duì bù qǐ wǒ dǎ rǎo nǐ le

Sorry, naistorbo kita.

請坐。 qǐng zuò Maupo po kayo.	這是我的名片。 zhè shì wǒ de míng piàn Eto ang calling card ko.
請別遲到。 qǐng bié chí dào Pwede bang huwag ma-late.	再多坐一會兒吧！ zài duō zuò yī huǐ ér ba Maupo po kayo sandali!
不久再見！ bù jiǔ zài jiàn Hanggang sa susunod!	我覺得十分快樂。 wǒ jué de shí fēn kuài lè Pakiramdam ko talagang Masaya ako.
再見。 zài jiàn Paalam.	但願如此。 dàn yuàn rú cǐ Sana ganun nga.

請多多保重。
qǐng duō duō bǎo zhòng
Mag-iingat ka sana lagi.

我很高興認識你。
wǒ hěn gāo xìng rèn shì nǐ
Natutuwa ako at nakilala kita.

我感冒了。
wǒ gǎn mào le
May trangkaso ako.

我希望你早日康復。
wǒ xī wàng nǐ zǎo rì kāng fù
Sana gumaling ka agad.

我快要康復了。
wǒ kuài yào kāng fù le
Malapit na akong gumaling.

我有些頭痛。
wǒ yǒu xiē tóu tòng
Masakit ng konti ang ulo ko.

我很高興你喜歡它。
wǒ hěn gāo xìng nǐ xǐ huān tā
Natutuwa ako at nagustuhan mo siya.

我不喝酒的。
wǒ bù hē jiǔ de
Hindi ako umiinom ng alak.

這個真好吃。
zhè ge zhēn hǎo chī
Masarap talaga ito.

我們將趕不上火車了。
wǒ men jiāng gǎn bú shàng huǒ chē le
Hindi na tayo aabot sumakay ng tren.

我不清楚呢？
wǒ bù qīng chǔ ne
Malabo sa akin.

我想不會這樣的。
wǒ xiǎng bú huì zhè yàng de
Sa tingin ko hindi ganyan.

我現在必須告別了。
wǒ xiàn zài bì xū gào bié le
Magpapaalam na ako ngayon.

可能快下雨了。

kě néng kuài xià yǔ le

Siguro malapit ng umulan.

雨下得很大。

yǔ xià de hěn dà

Napakalakas ang buhos ng ulan.

讓我們避避雨吧！

ràng wǒ men bì bì yǔ ba

pwede bang maki-silong.

好吧，我們趕快跑。

hǎo ba wǒ men gǎn kuài pǎo

Sige, magmadali na tayong tumakbo.

今天真熱。

jīn tiān zhēn rè

Nakapa-init ngayong araw.

我真的很驚慌。

wǒ zhēn de hěn jīng huāng

Talagang nabahala ako.

我也是。

wǒ yě shì

Ako din.

我也認為是這樣。

wǒ yě rèn wéi shì zhè yàng

Akala ko din.

啊，我現在感到好一些了！

a wǒ xiàn zài gǎn dào hǎo yì xiē le

Ah, mabuti-buti na ang pakiramdam ko ngayon!

我不知道在哪裏？

wǒ bù zhī dào zài nǎ lǐ

Hindi ko alam kung nasaan?

如果你喜歡的話。

rú guǒ nǐ xǐ huān de huà

Kapag gusto mo.

我明白你的意思。
wǒ míng bái nǐ de yì si
Naiintindihan ko ang ibig mong sabihin.

我不是那個意思。
wǒ bú shì nà ge yì si
Hindi iyun ang ibig kong sabihin.

我願為你效勞。
wǒ yuàn wèi nǐ xiào láo
Gusto kong tulungan ka.

我沒有聽到。
wǒ méi yǒu tīng dào
Hindi ko narinig.

我不明白。
wǒ bù míng bái
Hindi ko naintindihan.

我不能等了。
wǒ bù néng děng le
Hindi na ako makapag-hihintay.

我很喜歡它。
wǒ hěn xǐ huān tā
Gusto ko talaga iyan.

最好不過了。
zuì hǎo bú guò le
Magaling kung ganun.

太棒了。
tài bàng le
Magaling.

真糟糕。
zhēn zāo gāo
Grabe talaga.

你真聰明。
nǐ zhēn cōng míng
Ang talino mo talaga.

你真笨。
nǐ zhēn bèn
Ang tanga mo talaga.

你錯了。
nǐ cuò le
Mali ka.

沒關係。
méi guān xì
Walang anuman.

這是我的。 zhè shì wǒ de Sa akin ito.	這是你的。 zhè shì nǐ de Sa iyo ito.
這是他的。 zhè shì tā de Sa kanya ito.	兩分鐘前。 liǎng fēn zhōng qián Pagkaraan ng dalawang minuto.
我剛剛到。 wǒ gāng gāng dào Kararating ko lang.	那正是我想要的。 nà zhèng shì wǒ xiǎng yào de Iyan ang talagang gusto ko.
我會通知你的。 wǒ huì tōng zhī nǐ de Sasabihin kita.	太遲了。 tài chí le Masyado ng late.
很晚了。 hěn wǎn le Masyado ng gabi.	還早呢！ hái zǎo ne Maaga pa ah.
我相信一定是他。 wǒ xiāng xìn yí dìng shì tā Naniniwala akong siya iyun.	它看來很可愛。 tā kàn lái hěn kě ài Ang cute niyang tingnan.
我明白你的意思。 wǒ míng bái nǐ de yì si Naiintindihan ko na ang ibig mong sabihin.	這很簡單。 zhè hěn jiǎn dān Madali lang ito.
他不久會回來的。 tā bù jiǔ huì huí lái de Hindi magtatagal babalik din siya.	我真高興認識你。 wǒ zhēn gāo xìng rèn shì nǐ Talagang Masaya ako at nakilala kita.

麻煩你了，十分感謝。

má fán nǐ le shí fēn gǎn xiè

Paki na lang, salamat talaga.

我不喜歡釣魚。

wǒ bù xǐ huān diào yú

Hindi ako mahilig mamingwit.

我喜歡這種顏色。

wǒ xǐ huān zhè zhǒng yán sè

Gusto ko talaga ang kulay na ito.

我喜歡聽音樂。

wǒ xǐ huān tīng yīn yuè

Mahilig akong makinig ng musika.

我很不喜歡這種食物。

wǒ hěn bù xǐ huān zhè zhǒng shí wù

Hindi ko gusto ang ganitong klase ng pagkain.

我討厭這種天氣。

wǒ tǎo yàn zhè zhǒng tiān qì

Naiinis ako sa ganitong klase ng klima.

謝謝，麻煩你了。

xiè xie má fán nǐ le

Salamat, paki na lang.

對不起，麻煩你了。

duì bù qǐ má fán nǐ le

Sorry, pasensiya na.

問候語
wèn hòu yǔ
pagbati

CD1 13

○ 早安。
zǎo ān
Magandang umaga.

○ 嗨！
hài
Hi!

○ 喂。
wèi
Hello.

○ 午安。
wǔ ān
Magandang hapon.

○ 晚安。
wǎn ān
Magandang gabi.

○ 晚安。
wǎn ān
Maganda sana ang tulog mo.

● 再見。
zài jiàn
Paalam.

● 保重。
bǎo zhòng
Mag ingat ka.

● 你好嗎？
nǐ hǎo ma
Kumusta ka?

● 很好，謝謝。你好嗎？
hěn hǎo xiè xie nǐ hǎo ma
Mabuti, salamat. Kumusta ka?

● 我很久沒有見到你了。
wǒ hěn jiǔ méi yǒu jiàn dào nǐ le
Matagal na din kitang hindi nakita.

● 替我問候布朗先生。
tì wǒ wèn hòu bù lǎng xiān shēng
Paki kumusta mo na lang ako kay Mr. brown.

● 恭喜！
gōng xǐ
Maligayang bati!

● 祝你幸運！
zhù nǐ xìng yùn
Pagpalain ka sana!

致ㄓˋ謝ㄒㄧㄝˋ語ㄩˇ
zhì xiè yǔ
Pasasalamat

○ 謝ㄒㄧㄝˋ謝ㄒㄧㄝ˙你ㄋㄧˇ。
xiè xie nǐ
Salamat sa iyo.

○ 謝ㄒㄧㄝˋ謝ㄒㄧㄝ˙。
xiè xie
Salamat.

○ 不ㄅㄨˊ必ㄅㄧˋ客ㄎㄜˋ氣ㄑㄧˋ。
bú bì kè qì
Walang anuman.

○ 哪ㄋㄚˇ裏ㄌㄧˇ，哪ㄋㄚˇ裏ㄌㄧˇ。
nǎ lǐ nǎ lǐ
Walang anuman.

○ 非ㄈㄟ常ㄔㄤˊ感ㄍㄢˇ謝ㄒㄧㄝˋ。
fēi cháng gǎn xiè
Taimtim na pasasalamat.

○ 我ㄨㄛˇ實ㄕˊ在ㄗㄞˋ感ㄍㄢˇ激ㄐㄧ。
wǒ shí zài gǎn jī
Lubos akong nagagalak.

○ 我ㄨㄛˇ非ㄈㄟ常ㄔㄤˊ感ㄍㄢˇ激ㄐㄧ。
wǒ fēi cháng gǎn jī
Labis akong nagagalak.

○ 沒ㄇㄟˊ那ㄋㄚˋ回ㄏㄨㄟˊ事ㄕˋ。
méi nà huí shì
Hindi ganun.

○ 沒ㄇㄟˊ有ㄧㄡˇ關ㄍㄨㄢ係ㄒㄧˋ。
méi yǒu guān xì
Walang anuman.

基本用語
jī běn yòng yǔ
Basikong Salita

CD1 15

○ 當心！
dāng xīn
Mag-ingat ka!

○ 小心！
xiǎo xīn
Mag-ingat!

○ 請幫助我。
qǐng bāng zhù wǒ
Maari mo ba akong tulungan.

○ 請到這裏來。
qǐng dào zhè lǐ lái
Pumunta lamang po dito.

○ 請指給我看。
qǐng zhǐ gěi wǒ kàn
Maari bang ipakita mo sa akin.

○ 請坐。
qǐng zuò
Maupo po kayo.

● 請等一一會兒。
qǐng děng yī huǐ ér
Maari po maghintay lang sandali.

● 我得快點。
wǒ děi kuài diǎn
Nagmamadali na nga ako.

● 我們走吧。
wǒ men zǒu ba
Alis na tayo.

● 真的嗎？
zhēn de ma
Tutoo ba?

● 真的嗎？
zhēn de ma
Tunay ba?

● 我明白了。
wǒ míng bái le
Naintindihan ko na.

● 對。
duì
Tama.

● 這樣可以嗎？
zhè yàng kě yǐ ma
Maari na ba ito?

44

○ 不必為它煩惱。
bú bì wèi tā fán nǎo
Huwag mo ng alalahanin.

○ 我有一個難題。
wǒ yǒu yí ge nán tí
Mayroon akong isang mabigat na problema.

○ 我覺得很好。
wǒ jué de hěn hǎo
Sa tingin mabuti na.

○ 我覺得不大舒服。
wǒ jué de bú dà shū fú
Pakiramdam ko hindi ako komportable.

○ 你喜歡咖啡嗎？
nǐ xǐ huān kā fēi ma
Gusto mo ba ang kape?

○ 是的，我喜歡。
shì de wǒ xǐ huān
Oo, mahilig ako.

○ 不，我不喜歡。
bù wǒ bù xǐ huān
Hindi, hindi ako mahilig.

○ 怎麼回事？
zěn me huí shì
Anong nangyari?

● 妳是哪裏人？
nǎi shì nǎ lǐ rén
Taga saan ka?

● 我是台灣人。
wǒ shì tái wān rén
Ako ay isang Taiwanese.

● 男洗手間在哪兒？
nán xǐ shǒu jiān zài nǎ ér
Saan ang kubeta ng lalaki?

● 女洗手間在哪兒？
nǚ xǐ shǒu jiān zài nǎ ér
Saan ang kubeta ng babae?

其他習慣用語
qí tā xí guàn yòng yǔ
Termino

CD1 16

○ 請給我一點水，好嗎？
qǐng gěi wǒ yī diǎn shuǐ hǎo ma
Maari mo ba akong bigyan ng konting tubig?

○ 我想喝（些水）。
wǒ xiǎng hē (xiē shuǐ)
Gusto kong uminom. (ng tubig)

○ 你想喝（茶）嗎？
nǐ xiǎng hē (chá) ma
Gusto mo bang uminom? (ng tsaa)

○ 好，謝謝您。
hǎo xiè xie nín
Oo, Salamat.

○ 不，不用了。
bù bú yòng le
Hindi, huwag na.

○ 我可以借用你的筆嗎？
wǒ kě yǐ jiè yòng nǐ de bǐ ma
Maari bang mahiram ang panulat mo?

● 我ㄨˇ需ㄒㄩ要ㄧㄠˋ一ㄧˋ條ㄊㄧㄠˊ繃ㄅㄥ帶ㄉㄞˋ。
wǒ xū yào yì tiáo bēng dài
Kailangan ko ng isang benda.

● 你ㄋㄧˇ準ㄓㄨㄣˇ備ㄅㄟˋ好ㄏㄠˇ了ㄌㄜ嗎ㄇㄚ？
nǐ zhǔn bèi hǎo le ma
Handa ka naba?

● 你ㄋㄧˇ認ㄖㄣˋ為ㄨㄟˊ這ㄓㄜˋ樣ㄧㄤˋ對ㄉㄨㄟˋ嗎ㄇㄚ？
nǐ rèn wéi zhè yàng duì ma
Sa akala mo ba tama ka?

● 我ㄨˇ想ㄒㄧㄤˇ是ㄕˋ的ㄉㄜ。
wǒ xiǎng shì de
Sa tingin ko nga.

● 我ㄨˇ不ㄅㄨˋ以ㄧˇ為ㄨㄟˊ然ㄖㄢˊ。
wǒ bù yǐ wéi rán
Sa tingin ko siguro.

● 我ㄨˇ不ㄅㄨˋ知ㄓ道ㄉㄠˋ。
wǒ bù zhī dào
Hindi ko alam.

溝通意見的困難
gōu tōng yì jiàn de kùn nán
Communication opinion difficulty

CD1 17

○ 你會說中國話嗎？
nǐ huì shuō zhōng guó huà ma
Marunong ka bang mag salita ng Chinese?

○ 這裏有人會說中國話嗎？
zhè lǐ yǒu rén huì shuō zhōng guó huà ma
Dito meron marunong magsalita ng chinese?

○ 我只會說一點點菲律賓語。
wǒ zhǐ huì shuō yì diǎn diǎn fēi lǜ bīn yǔ
Marunong akong magsalita ng kaunting tagalog.

○ 你懂嗎？
nǐ dǒng ma
Naiintindihan mo ba?

○ 請說得慢一點。
qǐng shuō de màn yì diǎn
Maari bang Bagalan mo ang pagsasalita.

○ 抱歉。我不懂。
bào qiàn wǒ bù dǒng
Paumanhin, hindi ko naintindihan.

● 請你原諒我。
qǐng nǐ yuán liàng wǒ
Patawarin sana ako.

● 請再說一遍。
qǐng zài shuō yí biàn
Maari bang ulitin mo pa.

● 請替我寫下來。
qǐng tì wǒ xiě xià lái
Paki sulat mo para sa akin.

● 那是什麼意思？
nà shì shén me yì si
Ano ang ibig mong sabihin?

客氣用語
kè qì yòng yǔ
Salitang paggalang

CD1 18

○ 對不起。
duì bù qǐ
Paumanhin. / Sorry.

○ 原諒我。
yuán liàng wǒ
Patawarin mo ako.

○ 抱歉。
bào qiàn
Patawad. / Paumanhin.

○ 我非常抱歉。
wǒ fēi cháng bào qiàn
Patawad po talaga.

○ 請原諒我。
qǐng yuán liàng wǒ
Patawarin mo sana ako.

○ 我非常抱歉。
wǒ fēi cháng bào qiàn
Patawarin po ako.

那太糟了。

nà tài zāo le

Grabe talaga.

我實在很抱歉。

wǒ shí zài hěn bào qiàn

Pasensiya na talaga.

剛才的事情實在不可原諒。

gāng cái de shì qíng shí zài bù kě yuán liàng

Hindi ko maaring mapatawad ang nangyari kanina.

沒有關係。

méi yǒu guān xì

Walang anuman.

請。

qǐng

Please. / Paki. / Maari ba.

勞駕您…

láo jià nín …

Paumanhin po ...

當然願意。

dāng rán yuàn yì

Pumapayag ako.

對不起要打擾你了。

duì bù qǐ yào dǎ rǎo nǐ le

Pasensiya na at naistorbo kita.

◎ 對不起要麻煩你了，因為（不過）…
duì bù qǐ yào má fán nǐ le yīn wèi (bú guò) …
Pasensiya na at naistorbo kita, dahil (pero) ...

◎ 你實在太好了。
nǐ shí zài tài hǎo le
Napakabait mo.

◎ 我很感激你對我這麼好。
wǒ hěn gǎn jī nǐ duì wǒ zhè me hǎo
Nagpapasalamat ako at napakabait mo sa akin.

◎ 我來介紹布萊克小姐。
wǒ lái jiè shào bù lái kè xiǎo jiě
Ipinakikilala ko si Miss brooke.

◎ 你好嗎？我很高興見到你。
nǐ hǎo ma wǒ hěn gāo xìng jiàn dào nǐ
Kumusta ka na, masaya ako at nagkita tayo.

訪ㄈㄤˇ問ㄨㄣˋ
fǎng wèn
Pagtatanong

CD1 19

○ 有ㄧㄡˇ空ㄎㄨㄥˋ請ㄑㄧㄥˇ來ㄌㄞˊ玩ㄨㄢˊ。
yǒu kòng qǐng lái wán
Kapag may oras pumasyal ka dito.

○ 謝ㄒㄧㄝˋ謝ㄒㄧㄝˋ你ㄋㄧˇ。我ㄨㄛˇ會ㄏㄨㄟˋ來ㄌㄞˊ的ㄉㄜ˙。
xiè xie nǐ wǒ huì lái de
Salamat, darating ako.

○ 下ㄒㄧㄚˋ星ㄒㄧㄥ期ㄑㄧˊ天ㄊㄧㄢ你ㄋㄧˇ願ㄩㄢˋ意ㄧˋ來ㄌㄞˊ看ㄎㄢˋ我ㄨㄛˇ們ㄇㄣ˙嗎ㄇㄚ˙？
xià xīng qí tiān nǐ yuàn yì lái kàn wǒ men ma
Payag ka bang pasyalan mo kami sa susunod na linggo?

○ 謝ㄒㄧㄝˋ謝ㄒㄧㄝˋ你ㄋㄧˇ。我ㄨㄛˇ願ㄩㄢˋ意ㄧˋ的ㄉㄜ˙。
xiè xie nǐ wǒ yuàn yì de
Salamat payag ako.

○ 我ㄨㄛˇ盼ㄆㄢˋ望ㄨㄤˋ那ㄋㄚˋ一ㄧˋ天ㄊㄧㄢ的ㄉㄜ˙來ㄌㄞˊ臨ㄌㄧㄣˊ。
wǒ pàn wàng nà yì tiān de lái lín
Ina-asahan ko ang araw na iyun.

○ 抱ㄅㄠˋ歉ㄑㄧㄢˋ。星ㄒㄧㄥ期ㄑㄧˊ天ㄊㄧㄢ我ㄨㄛˇ沒ㄇㄟˊ空ㄎㄨㄥˋ。
bào qiàn xīng qí tiān wǒ méi kòng
Pasensiya na, wala akong oras sa linggo.

◎ 喂ㄟˋ！
wèi
Hello!

◎ 歡ㄏㄨㄢ迎ㄧㄥˊ。
huān yíng
Tuloy po kayo.

◎ 請ㄑㄧㄥˇ進ㄐㄧㄣˋ來ㄌㄞˊ。
qǐng jìn lái
Pumasok po kayo.

◎ 請ㄑㄧㄥˇ從ㄘㄨㄥˊ這ㄓㄜˋ邊ㄅㄧㄢ走ㄗㄡˇ。
qǐng cóng zhè biān zǒu
Dito po kayo dumaan.

◎ 我ㄨㄛˇ替ㄊㄧˋ你ㄋㄧˇ拿ㄋㄚˊ外ㄨㄞˋ套ㄊㄠˋ，好ㄏㄠˇ嗎ㄇㄚˇ？
wǒ tì nǐ ná wài tào hǎo ma
Pwede ba kitang tulungan na kumuha ng iyong coat, okey lang ba?

◎ 請ㄑㄧㄥˇ不ㄅㄨˋ要ㄧㄠˋ拘ㄐㄩ束ㄕㄨˋ。
qǐng bú yào jū shù
Hwag kang mahiya.

◎ 請ㄑㄧㄥˇ吃ㄔ點ㄅㄧㄢˇ東ㄉㄨㄥ西ㄒㄧ。
qǐng chī diǎn dōng xi
Kumain kayo kahit konti.

◎ （儘ㄐㄧㄣˇ量ㄌㄧㄤˋ吃ㄔ）有ㄧㄡˇ很ㄏㄣˇ多ㄉㄨㄛ呢ㄋㄜ！
(jìn liàng chī) yǒu hěn duō ne
Kumain! Marami!

那看起來很好。
nà kàn qǐ lái hěn hǎo
Sa tingin ko maganda.

那本來是很好的。
nà běn lái shì hěn hǎo de
Maganda pa noon.

現在我得走了。
xiàn zài wǒ děi zǒu le
Kailangan ko ng lumakad ngayon.

謝謝你光臨。
xiè xie nǐ guāng lín
Salamat sa pagdalaw.

謝謝你。我玩得很愉快。
xiè xie nǐ wǒ wán de hěn yú kuài
Maraming salamat, napakasaya ko.

謝謝你熱忱的招待。
xiè xie nǐ rè chén de zhāo dài
Maraming salamat sa masigasig mong paglibang.

請再來。
qǐng zài lái
Balik po kayo.

CD1 **20**

零 líng sero	一 yī isa
二 èr dalawa	三 sān tatlo
四 sì apat	五 wǔ lima
六 liù anim	七 qī pito
八 bā walo	九 jiǔ siyam
十 shí sampu	十一 shí yī labing isa

十ㄕˊ二ㄦˋ shí èr labing dalawa	十ㄕˊ三ㄙㄢ shí sān labing tatlo
十ㄕˊ四ㄙˋ shí sì labing apat	十ㄕˊ五ㄨˇ shí wǔ labing lima
十ㄕˊ六ㄌㄧㄡˋ shí liù labing anim	十ㄕˊ七ㄑㄧ shí qī labing pito
十ㄕˊ八ㄅㄚ shí bā labing walo	十ㄕˊ九ㄐㄧㄡˇ shí jiǔ labing siyam
二ㄦˋ十ㄕˊ èr shí dalawampu	二ㄦˋ十ㄕˊ一ㄧ èr shí yī dalawamput isa
二ㄦˋ十ㄕˊ二ㄦˋ èr shí èr dalawamput dalawa	二ㄦˋ十ㄕˊ三ㄙㄢ èr shí sān dalawamput tatlo
二ㄦˋ十ㄕˊ四ㄙˋ èr shí sì dalawamput apat	二ㄦˋ十ㄕˊ五ㄨˇ èr shí wǔ dalawamput lima
二ㄦˋ十ㄕˊ六ㄌㄧㄡˋ èr shí liù dalawamput anim	二ㄦˋ十ㄕˊ七ㄑㄧ èr shí qī dalawamput pito

二ㄦˋ十ㄕˊ八ㄅㄚ èr shí bā dalawamput walo	二ㄦˋ十ㄕˊ九ㄐㄧㄡˇ èr shí jiǔ dalawamput siyam
三ㄙㄢ十ㄕˊ sān shí tatlumpu	四ㄙˋ十ㄕˊ sì shí apatnapu
五ㄨˇ十ㄕˊ wǔ shí limampu	六ㄌㄡˋ十ㄕˊ liù shí animnapu
七ㄑㄧ十ㄕˊ qī shí pitumpu	八ㄅㄚ十ㄕˊ bā shí walumpu
九ㄐㄧㄡˇ十ㄕˊ jiǔ shí siyamnapu	一ㄧ百ㄅㄞˇ yī bǎi isang daan
一ㄧ百ㄅㄞˇ零ㄌㄧㄥˊ一ㄧ yī bǎi líng yī isang daan at isa	一ㄧ百ㄅㄞˇ零ㄌㄧㄥˊ二ㄦˋ yī bǎi líng èr isang daan at dalawa
一ㄧ百ㄅㄞˇ一ㄧ十ㄕˊ yī bǎi yī shí isang daan at sampu	一ㄧ百ㄅㄞˇ一ㄧ十ㄕˊ一ㄧ yī bǎi yī shí yī isang daan at labingisa
一ㄧ百ㄅㄞˇ一ㄧ十ㄕˊ二ㄦˋ yī bǎi yī shí èr isang daan at labing dalawa	一ㄧ百ㄅㄞˇ二ㄦˋ十ㄕˊ yī bǎi èr shí isang daan at dalawampu

兩百	兩百零一
liǎng bǎi	liǎng bǎi líng yī
dalawang daan	dalawang daan at isa
兩百零二	兩百一十
liǎng bǎi líng èr	liǎng bǎi yī shí
dalawang daan at dalawa	dalawang daan at sampu
兩百一十一	兩百一十二
liǎng bǎi yī shí yī	liǎng bǎi yī shí èr
dalawang daan at labing isa	dalawang daan at labing dalawa
兩百二十	三百
liǎng bǎi èr shí	sān bǎi
dalawang daan at dalawampu	tatlong daan
四百	五百
sì bǎi	wǔ bǎi
apat na daan	limang daan
六百	七百
liù bǎi	qī bǎi
anim na daan	pitong daan
八百	九百
bā bǎi	jiǔ bǎi
walong daan	siyam na daan
一千	一千零一
yī qiān	yī qiān líng yī
isang libo	isang libo at isa

一萬ㄨㄢˋ yí wàn sampong libo	十ㄕˊ萬ㄨㄢˋ shí wàn isang daan libo
一百ㄅㄞˇ萬ㄨㄢˋ yī bǎi wàn isang milyon	一千ㄑㄧㄢ萬ㄨㄢˋ yī qiān wàn sampung milyon
一億ㄧˋ yí yì isang daang milyon	

時ㄕˊ間ㄐㄧㄢ
shí jiān
Bahagi ng oras

CD1 (21)

○ 上ㄕㄤˋ午ㄨˇ
shàng wǔ
umaga

○ 早ㄗㄠˇ安ㄢ
zǎo ān
magandang umaga

○ 早ㄗㄠˇ上ㄕㄤˋ六ㄌㄧㄡˋ點ㄉㄧㄢˇ
zǎo shàng liù diǎn
ika anim ng umaga

○ 早ㄗㄠˇ上ㄕㄤˋ七ㄑㄧ點ㄉㄧㄢˇ
zǎo shàng qī diǎn
ika pito ng umaga

○ 早ㄗㄠˇ上ㄕㄤˋ八ㄅㄚ點ㄉㄧㄢˇ
zǎo shàng bā diǎn
ika walo ng umaga

○ 早ㄗㄠˇ上ㄕㄤˋ九ㄐㄧㄡˇ點ㄉㄧㄢˇ
zǎo shàng jiǔ diǎn
ika siyam ng umaga

- 早上十點
  zǎo shàng shí diǎn
  ika sampu ng umaga

- 早上十一點
  zǎo shàng shí yī diǎn
  ika labing isa ng umaga

- 中午
  zhōng wǔ
  tanghali

- 中午十二點
  zhōng wǔ shí èr diǎn
  ika labing dalawa ng tanghali

- 下午
  xià wǔ
  hapon

- 午安
  wǔ ān
  magandang hapon

- 下午一點
  xià wǔ yī diǎn
  ika isa ng hapon

● 下午兩點
xià wǔ liǎng diǎn
ika dalawa ng hapon

● 下午三點
xià wǔ sān diǎn
ika tatlo ng hapon

● 下午四點
xià wǔ sì diǎn
ika apat ng hapon

● 下午五點
xià wǔ wǔ diǎn
ika lima ng hapon

● 下午六點
xià wǔ liù diǎn
ika anim ng hapon

○ 晚上
wǎn shàng
gabi

○ 晚安
wǎn ān
magandang gabi

○ 晚上七點
wǎn shàng qī diǎn
ika pito ng gabi

○ 晚上八點
wǎn shàng bā diǎn
ika walo ng gabi

○ 晚上九點
wǎn shàng jiǔ diǎn
ika siyam ng gabi

○ 晚上十點
wǎn shàng shí diǎn
ika sampu ng gabi

○ 晚上十一點
wǎn shàng shí yī diǎn
ika labing isa ng gabi

- 午ㄨˇ夜ㄧㄝˋ
  wǔ yè
  madaling araw

- 晚ㄨㄢˇ安ㄢ
  wǎn ān
  magandang gabi

- 午ㄨˇ夜ㄧㄝˋ十ㄕˊ二ㄦˋ點ㄉㄧㄢˇ
  wǔ yè shí èr diǎn
  alas dose ng gabi

- 凌ㄌㄧㄥˊ晨ㄔㄣˊ一ㄧ點ㄉㄧㄢˇ
  líng chén yī diǎn
  ika isa ng madaling araw

- 凌ㄌㄧㄥˊ晨ㄔㄣˊ兩ㄌㄧㄤˇ點ㄉㄧㄢˇ
  líng chén liǎng diǎn
  ika dalawa ng madaling araw

- 凌ㄌㄧㄥˊ晨ㄔㄣˊ三ㄙㄢ點ㄉㄧㄢˇ
  líng chén sān diǎn
  ika tatlo ng madaling araw

○ 凌晨四點
líng chén sì diǎn
ika apat ng madaling araw

○ 凌晨五點
líng chén wǔ diǎn
ika lima ng madaling araw

○ 幾點了？
jǐ diǎn le
Anong oras na?

○ 三點五分
sān diǎn wǔ fēn
ika tatlo at limang minuto

○ 三點二十分
sān diǎn èr shí fēn
ika tatlo at dalawampung minuto

○ 四點十五分
sì diǎn shí wǔ fēn
ika apat at labing limang minuto

○ 五點三十分
wǔ diǎn sān shí fēn
ika lima at tatlumpong minuto

● 五點半
wǔ diǎn bàn
ika lima at kalahati

● 六點三十五分
liù diǎn sān shí wǔ fēn
ika anim at tatlumput limang minuto

● 七點四十五分
qī diǎn sì shí wǔ fēn
ika pito at apatnaput limang minuto

● 八點五十五分
bā diǎn wǔ shí wǔ fēn
ika walo at limamput limang minuto

● 差五分九點
chā wǔ fēn jiǔ diǎn
kulang ng limang minuto para mag ika siyam

月ㄩㄝˋ曆ㄌㄧˋ
yuè lì
Kalendaryo

年ㄋㄧㄢˊ nián taon	月ㄩㄝˋ yuè buwan
日ㄖˋ rì araw	星ㄒㄧㄥ期ㄑㄧˊ xīng qí linggo
星ㄒㄧㄥ期ㄑㄧˊ日ㄖˋ xīng qí rì linggo	星ㄒㄧㄥ期ㄑㄧˊ一ㄧ xīng qí yī lunes
星ㄒㄧㄥ期ㄑㄧˊ二ㄦˋ xīng qí èr martes	星ㄒㄧㄥ期ㄑㄧˊ三ㄙㄢ xīng qí sān miyerkules
星ㄒㄧㄥ期ㄑㄧˊ四ㄙˋ xīng qí sì huwebes	星ㄒㄧㄥ期ㄑㄧˊ五ㄨˇ xīng qí wǔ biyernes
星ㄒㄧㄥ期ㄑㄧˊ六ㄌㄧㄡˋ xīng qí liù sabado	一ㄧ月ㄩㄝˋ yī yuè enero

二月 èr yuè pebrero	三月 sān yuè marso
四月 sì yuè abril	五月 wǔ yuè mayo
六月 liù yuè hunyo	七月 qī yuè hulyo
八月 bā yuè agosto	九月 jiǔ yuè setyembre
十月 shí yuè oktubre	十一月 shí yī yuè nobyembre
十二月 shí èr yuè disyembre	

○ 今天幾月幾日？

jīn tiān jǐ yuè jǐ rì

Anong buwan at araw ba ngayon?

○ 今天星期一，一月一日。

jīn tiān xīng qí yī yī yuè yī rì

Ngayon ay lunes ika isa ng enero.

○ 今天星期日，七月三十一日。

jīn tiān xīng qí rì qī yuè sān shí yī rì

Ngayon ay linggo, hulyo treinta y uno.

○ 我打算停留到七月二十三日。

wǒ dǎ suàn tíng liú dào qī yuè èr shí sān rì

Balak kong tumigil dito hanggang hulyo beinte tres.

○ 我要在八月五日搭機離開。

wǒ yào zài bā yuè wǔ rì dā jī lí kāi

Ako ay sasakay ng eroplano sa a-singko ng agosto.

○ 我要一個旅館房間從現在起到六月十日。

wǒ yào yí ge lǚ guǎn fáng jiān cóng xiàn zài qǐ dào liù yuè shí rì

Gusto ko ng isang kwarto sa isang hotel magmula ngayon hanggang sa a-diyes ng hunyo.

○ 我要預訂房間從五月三日到二十二日。

wǒ yào yù dìng fáng jiān cóng wǔ yuè sān rì dào èr shí èr rì

Gusto kong magpa reserba ng kwarto mula a-tres hanggang a-beinte dos ng mayo.

- 今天
  jīn tiān
  ngayong araw

- 明天
  míng tiān
  bukas

- 後天
  hòu tiān
  sa susunod na araw

- 從今天起三天後。
  cóng jīn tiān qǐ sān tiān hòu
  Magmula ngayon matapos ang ikatlong araw.

- 昨天
  zuó tiān
  kahapon

- 前天
  qián tiān
  noong isang araw

- 三天前。
  sān tiān qián
  Noong ikatlong araw.

天ㄊㄧㄢ 氣ㄑㄧ
tiān qì
Panahon

CD2 **01**

季ㄐㄧ節ㄐㄧㄝ	春ㄔㄨㄣ
jì jié	chūn
panahon	tag lago
夏ㄒㄧㄚ	秋ㄑㄧㄡ
xià	qiū
tag init	tag lagas
冬ㄉㄨㄥ	氣ㄑㄧ溫ㄨㄣ
dōng	qì wēn
tag lamig	temperatura
熱ㄖㄜ	溫ㄨㄣ暖ㄋㄨㄢ
rè	wēn nuǎn
init	tamang tama klima
涼ㄌㄧㄤ	冷ㄌㄥ
liáng	lěng
malamig	malamig maginaw
好ㄏㄠ天ㄊㄧㄢ氣ㄑㄧ	陰ㄧㄣ天ㄊㄧㄢ
hǎo tiān qì	yīn tiān
maganda ang panahon	maulap

73

下雨天 xià yǔ tiān tag ulan	颱風天 tái fēng tiān tag bagyo
下雪 xià xuě nagyeyelo	寒流 hán liú malamig na hangin

○ 今天天氣很好。
jīn tiān tiān qì hěn hǎo
Maganda nag panahon ngayon.

○ 好像要下雨。
hǎo xiàng yào xià yǔ
Parang uulan.

○ 我想可能會下雪。
wǒ xiǎng kě néng huì xià xuě
Sa tingin ay maaring magyelo.

○ 你知道明天的天氣預報嗎?
nǐ zhī dào míng tiān de tiān qì yù bào ma
Alam mo ba ang lagay ng panahon bukas?

○ 有電話號碼可以查詢氣象嗎?
yǒu diàn huà hào mǎ kě yǐ chá xún qì xiàng ma
Meron bang numero ng telepone para malaman ang lagay ng panahon?

你想會下雨嗎？

nǐ xiǎng huì xià yǔ ma

Sa tingin mo uulan ba?

會變冷嗎？

huì biàn lěng ma

Lalamig ba?

你認為會有暴風雨嗎？

nǐ rèn wéi huì yǒu bào fēng yǔ ma

Sa tingin mo ba may bagyong darating?

你認為會有暴風雪嗎？

nǐ rèn wéi huì yǒu bào fēng xuě ma

Sa tingin mo ba may malakas na hangin at yelo?

你認為明天會熱嗎？

nǐ rèn wéi míng tiān huì rè ma

Sa tingin mo ba iinit bukas?

你認為這一陣寒冷的天氣會持續多久？

nǐ rèn wéi zhè yí zhèn hán lěng de tiān qì huì chí xù duō jiǔ

Sa tingin mo gaano katagal ang tag-lamig na ito?

今天氣溫多少度？

jīn tiān qì wēn duō shǎo dù

Ilan ba ang temperatura ngayon?

機ㄐㄧ場ㄔㄤˇ
jī chǎng
Paliparan ng eroplano

CD2 02

飛ㄈㄟ機ㄐㄧ fēi jī eruplano	機ㄐㄧ票ㄆㄧㄠˋ jī piào tiket sa eruplano
護ㄏㄨˋ照ㄓㄠˋ hù zhào pasaporte	行ㄒㄧㄥˊ李ㄌㄧˇ xíng lǐ bagahe
免ㄇㄧㄢˇ稅ㄕㄨㄟˋ商ㄕㄤ店ㄉㄧㄢˋ miǎn shuì shāng diàn walang buwis na pamilihan	香ㄒㄧㄤ菸ㄧㄢ xiāng yān Sigarilyo
酒ㄐㄧㄡˇ jiǔ alak	銀ㄧㄣˊ行ㄏㄤˊ yín háng bangko
海ㄏㄞˇ關ㄍㄨㄢ hǎi guān kostoms	入ㄖㄨˋ境ㄐㄧㄥˋ rù jìng pagdating
出ㄔㄨ境ㄐㄧㄥˋ chū jìng pag-alis	登ㄉㄥ機ㄐㄧ門ㄇㄣˊ dēng jī mén pintuan pasukan tungo sa eruplano

空ㄎㄨㄥ服ㄈㄨ員ㄩㄢ kōng fú yuán stewardes	機ㄐㄧ長ㄓㄤ jī zhǎng kapitan
餐ㄘㄢ點ㄉㄧㄢ cān diǎn pagkain	計ㄐㄧ程ㄔㄥ車ㄔㄜ招ㄓㄠ呼ㄏㄨ站ㄓㄢ jì chéng chē zhāo hū zhàn istasyon ng taksi
公ㄍㄨㄥ車ㄔㄜ站ㄓㄢ gōng chē zhàn istayon ng bus	公ㄍㄨㄥ車ㄔㄜ售ㄕㄡ票ㄆㄧㄠ處ㄔㄨ gōng chē shòu piào chù bilihan ng tiket ng bus
電ㄉㄧㄢ梯ㄊㄧ diàn tī elevator	手ㄕㄡ扶ㄈㄨ梯ㄊㄧ shǒu fú tī escalator
洗ㄒㄧ手ㄕㄡ間ㄐㄧㄢ xǐ shǒu jiān CR / kubeta	

○ 往ㄨㄤ馬ㄇㄚ尼ㄋㄧ拉ㄌㄚ的ㄉㄜ CI620 次ㄘ班ㄅㄢ機ㄐㄧ準ㄓㄨㄣ時ㄕ起ㄑㄧ飛ㄈㄟ嗎ㄇㄚ？
wǎng mǎ ní lā de CI liù èr líng cì bān jī zhǔn shí qǐ fēi ma
Tama ba sa oras ang lipad ng CI620 na eroplano?

○ 登ㄉㄥ記ㄐㄧ時ㄕ間ㄐㄧㄢ是ㄕ什ㄕㄣ麼ㄇㄜ時ㄕ候ㄏㄡ？
dēng jì shí jiān shì shén me shí hòu
Anong oras ba ang check in?

● 登機時間是什麼時候?
dēng jī shí jiān shì shén me shí hòu
Anong oras ang boarding?

● CI620 班機的登機門是幾號?
CI liù èr líng bān jī de dēng jī mén shì jǐ hào
Pang anong gate ang eruplano ng CI620?

● 我想要一個靠窗的座位。
wǒ xiǎng yào yí ge kào chuāng de zuò wèi
Gusto ko ng upuan na nasa bintana.

● 我想要一個靠走道的座位。
wǒ xiǎng yào yí ge kào zǒu dào de zuò wèi
Gusto kong upuan na nasa gitnang lakaran.

● 我要隨身攜帶這件東西當作手提行李。
wǒ yào suí shēn xī dài zhè jiàn dōng xi dāng zuò shǒu tí xíng lǐ
Gusto kong dala ang gamit na ito na para ko nang hand bag.

● 你的行李超重了。
nǐ de xíng lǐ chāo zhòng le
Sobra sa bigat ang bagahe mo.

● 我該付多少的超重費?
wǒ gāi fù duō shǎo de chāo zhòng fèi
Magkano ang babayaran ko sa sobra ng bagahe ko?

● 飛機上供應餐點嗎?
fēi jī shàng gōng yìng cān diǎn ma
May pagkain ba sa loob ng eroplano?

什麼時候可以到達馬尼拉？
shí me shí hòu kě yǐ dào dá mǎ ní lā
Anong oras makakarating ng manila?

預定的飛行時間大概多久？
yù dìng de fēi xíng shí jiān dà gài duō jiǔ
Anong oras ang siguradong lipad ng eroplano?

有公共汽車或是小客車接送到市區嗎？
yǒu gōng gòng qì chē huò shì xiǎo kè chē jiē sòng dào shì qū ma
Meron bang service car o bus papuntang siyudad?

我想換到較晚的班機。
wǒ xiǎng huàn dào jiào wǎn de bān jī
Gusto kong magpalit ng mas late na flight.

我想取消預訂的座位。
wǒ xiǎng qǔ xiāo yù dìng de zuò wèi
Gusto ko kanselahin ang booking ko.

我們很抱歉向各位宣佈班機受到天候的影響將要延遲起飛。
wǒ men hěn bào qiàn xiàng gè wèi xuān bù bān jī shòu dào tiān hòu
de yǐng xiǎng jiāng yào yán chí qǐ fēi
Humihingi kami ng paumanhin sa lahat ng pasahero dahil sa hindi
magandang panahon kaya made-delay ang paglipad ng eroplano.

旅_{ㄌㄩˇ}館_{ㄍㄨㄢˇ}
lǚ guǎn
Hotel

CD2 03

男_{ㄋㄢˊ}服_{ㄈㄨˊ}務_{ㄨˋ}生_{ㄕㄥ} nán fú wù shēng katulong na lalake	女_{ㄋㄩˇ}服_{ㄈㄨˊ}務_{ㄨˋ}生_{ㄕㄥ} nǚ fú wù shēng katulong na babae
接_{ㄐㄧㄝ}待_{ㄉㄞˋ}員_{ㄩㄢˊ} jiē dài yuán receptionist	櫃_{ㄍㄨㄟˋ}檯_{ㄊㄞˊ} guì tái kaha (kahera, kahero)
停_{ㄊㄧㄥˊ}車_{ㄔㄜ}場_{ㄔㄤˇ} tíng chē chǎng parking lot	房_{ㄈㄤˊ}間_{ㄐㄧㄢ} fáng jiān kuwarto
鑰_{ㄧㄠˋ}匙_ㄕ卡_{ㄎㄚˇ} yào shi kǎ susi ng sasakyan	菸_{ㄧㄢ}灰_{ㄏㄨㄟ}缸_{ㄍㄤ} yān huī gāng lagayan ng abo ng sigarilyo
桌_{ㄓㄨㄛ}子_ㄗ zhuō zi mesa	椅_{ㄧˇ}子_ㄗ yǐ zi upuan
窗_{ㄔㄨㄤ}戶_{ㄏㄨˋ} chuāng hù bintana	檯_{ㄊㄞˊ}燈_{ㄉㄥ} tái dēng ilaw pang mesa

地毯 dì tǎn karpet	床 chuáng higaan
棉被 mián bèi kumot	枕頭 zhěn tóu unan
電話 diàn huà telepono	拖鞋 tuō xié sinelas
空調 kōng tiáo air con	電視 diàn shì telebisyon
遙控器 yáo kòng qì remote control	浴室 yù shì paliguan
毛巾 máo jīn tuwalya	吹風機 chuī fēng jī pantuyo ng buhok
鏡子 jìng zi salamin	衛生紙 wèi shēng zhǐ tissue / napkin
馬桶 mǎ tǒng inidoro	浴缸 yù gāng bath tub

洗手台
xǐ shǒu tái
lababo

水龍頭
shuǐ lóng tóu
gripo

冷水
lěng shuǐ
malamig na tubig

熱水
rè shuǐ
mainit na tubig

牙刷
yá shuā
sipilyo

牙膏
yá gāo
toothpaste

刮鬍刀
guā hú dāo
pang ahit

肥皂
féi zào
sabon

沐浴乳
mù yù rǔ
sabon pang ligo

洗髮精
xǐ fǎ jīng
sabon sa buhok

緊急出口
jǐn jí chū kǒu
labasan kung may sunog

冰箱
bīng xiāng
refrigerator

礦泉水
kuàng quán shuǐ
tubig mineral

衣架
yī jià
hanger

插座
chā zuò
saksakan ng kuryente

轉接插頭
zhuǎn jiē chā tóu
pamalit ulo ng saksakan ng keryente

時ㄕ鐘ㄓㄨㄥ shí zhōng relo	

○ 我ㄨㄛˇ想ㄒㄧㄤˇ要ㄧㄠˋ一ㄧ間ㄐㄧㄢ便ㄆㄧㄢˊ宜ㄧˊ的ㄉㄜ單ㄉㄢ人ㄖㄣˊ房ㄈㄤˊ。
　 wǒ xiǎng yào yī jiān pián yí de dān rén fáng
　 Gusto ko ng isang murang single na kwarto.

○ 我ㄨㄛˇ要ㄧㄠˋ住ㄓㄨˋ三ㄙㄢ夜ㄧㄝˋ。
　 wǒ yào zhù sān yè
　 Titira ako ng tatlong gabi.

○ 我ㄨㄛˇ想ㄒㄧㄤˇ要ㄧㄠˋ一ㄧ間ㄐㄧㄢ雙ㄕㄨㄤ人ㄖㄣˊ房ㄈㄤˊ。
　 wǒ xiǎng yào yī jiān shuāng rén fáng
　 Gusto ko ng pang dalawahang kwarto.

○ 有ㄧㄡˇ沒ㄇㄟˊ有ㄧㄡˇ一ㄧ間ㄐㄧㄢ風ㄈㄥ景ㄐㄧㄥˇ優ㄧㄡ美ㄇㄟˇ的ㄉㄜ房ㄈㄤˊ間ㄐㄧㄢ？
　 yǒu méi yǒu yī jiān fēng jǐng yōu měi de fáng jiān
　 Mayroon ba kayong kwarto na may maganda at eleganteng tanawin?

○ 我ㄨㄛˇ想ㄒㄧㄤˇ要ㄧㄠˋ一ㄧ間ㄐㄧㄢ安ㄢ靜ㄐㄧㄥˋ的ㄉㄜ房ㄈㄤˊ間ㄐㄧㄢ。
　 wǒ xiǎng yào yī jiān ān jìng de fáng jiān
　 Gusto ko ng isang tahimik na kwarto.

○ 一ㄧ間ㄐㄧㄢ房ㄈㄤˊ間ㄐㄧㄢ每ㄇㄟˇ晚ㄨㄢˇ收ㄕㄡ費ㄈㄟˋ多ㄉㄨㄛ少ㄕㄠˇ？
　 yī jiān fáng jiān měi wǎn shōu fèi duō shǎo
　 Magkano ang bayad kada araw sa isang kwarto?

三餐包括在內嗎？

sān cān bāo kuò zài nèi ma

Kasama ba sa loob ang tatlong kain sa isang araw?

請在明早六點鐘叫醒我。

qǐng zài míng zǎo liù diǎn zhōng jiào xǐng wǒ

Maari bang gisingin mo ako ng alas sais ng umaga.

我的房間很冷。

wǒ de fáng jiān hěn lěng

Napakalamig ng aking kwarto.

我還需要一條毯子。

wǒ hái xū yào yī tiáo tǎn zi

Kailangan ko pa ng isang blanket.

我的房間很吵。

wǒ de fáng jiān hěn chǎo

Masyadong maingay ang kwarto ko.

我想把東西存放在保險箱裏。

wǒ xiǎng bǎ dōng xi cún fàng zài bǎo xiǎn xiāng lǐ

Gusto kong ilagay sa safety deposit box itong mga gamit ko.

我的房間裏沒有毛巾。

wǒ de fáng jiān lǐ méi yǒu máo jīn

Walang tuwalya sa aking kwarto.

我的房間裏沒有肥皂。

wǒ de fáng jiān lǐ méi yǒu féi zào

Walang sabon sa loob ng kwarto ko.

哪ㄋㄚˇ裏ㄌㄧˇ可ㄎㄜˇ以ㄧˇ買ㄇㄞˇ到ㄉㄠˋ牙ㄧㄚˊ刷ㄕㄨㄚ？

nǎ lǐ kě yǐ mǎi dào yá shuā

Saan ba ako maaring bumili ng sepilyo?

我ㄨㄛˇ想ㄒㄧㄤˇ和ㄏㄜˊ經ㄐㄧㄥ理ㄌㄧˇ談ㄊㄢˊ談ㄊㄢˊ。

wǒ xiǎng hé jīng lǐ tán tán

Maari ko bang makausap ang manager ninyo.

請ㄑㄧㄥˇ把ㄅㄚˇ鑰ㄧㄠˋ匙ㄕ給ㄍㄟˇ我ㄨㄛˇ，好ㄏㄠˇ嗎ㄇㄚ？

qǐng bǎ yào shi gěi wǒ hǎo ma

Pwede, ibigay mo ang susi sa akin?

我ㄨㄛˇ在ㄗㄞˋ1452號ㄏㄠˋ房ㄈㄤˊ間ㄐㄧㄢ。

wǒ zài yī sì wǔ èr hào fáng jiān

Duon ako sa 1452 na kwarto.

有ㄧㄡˇ人ㄖㄣˊ留ㄌㄧㄡˊ話ㄏㄨㄚˋ給ㄍㄟˇ我ㄨㄛˇ嗎ㄇㄚ？

yǒu rén liú huà gěi wǒ ma

Mayron bang nagiwan ng mensahe sa akin?

什ㄕㄣˊ麼ㄇㄜ時ㄕˊ候ㄏㄡˋ要ㄧㄠˋ退ㄊㄨㄟˋ房ㄈㄤˊ？

shén me shí hòu yào tuì fáng

Kelan ang alis?

什ㄕㄣˊ麼ㄇㄜ時ㄕˊ候ㄏㄡˋ供ㄍㄨㄥ應ㄧㄥˋ早ㄗㄠˇ餐ㄘㄢ？

shén me shí hòu gōng yìng zǎo cān

Anong oras ang kainan ng agahan?

● 請吩咐女佣把我的房間收拾乾淨。
qǐng fēn fù nǚ yòng bǎ wǒ de fáng jiān shōu shí gān jìng
Paki tawag mo ako ng room service para magligpit at maglinis ng kwarto ko.

● 請把我的帳單開出來。
qǐng bǎ wǒ de zhàng dān kāi chū lái
Maaari bang isyuhan mo ako ng bill ko.

● 請把這個項目解釋給我聽。
qǐng bǎ zhè ge xiàng mù jiě shì gěi wǒ tīng
Pwede bang i-explain mo sa akin ang event na ito.

● 我想把我的行李寄存到五點鐘。
wǒ xiǎng bǎ wǒ de xíng lǐ jì cún dào wǔ diǎn zhōng
Maaari bang ipatago ko itong bagahe ko dito hanggang alas singko.

● 我可以從這裏叫一輛計程車嗎？
wǒ kě yǐ cóng zhè lǐ jiào yí liàng jì chéng chē ma
Maari mo akong itawag ng isang taxi dito?

餐廳
cān tīng
Restaurant

CD2 04

居酒屋 jū jiǔ wū pub house	酒吧 jiǔ bā wine bar
路邊攤 lù biān tān karinderya	菲律賓餐 fēi lǜ bīn cān pagkaing pilipino
中餐 zhōng cān pagkaing intsik	西餐 xī cān pagkaing kanluranin
日本料理 rì běn liào lǐ pagkaing hapon	法國料理 fà guó liào lǐ pagkaing pranses
餐具 cān jù kasangkapang pangkain	杯子 bēi zi baso
玻璃杯 bō lí bēi babasagin na baso	鍋子 guō zi palayok / kaldero

碗 wǎn malukong	盤子 pán zi plato
刀子 dāo zi kutsilyo	叉子 chā zi tinidor
筷子 kuài zi chopstick	湯匙 tāng chí kutsara
開瓶器 kāi píng qì pambukas ng bote	開罐器 kāi guàn qì pambukas ng lata
牙籤 yá qiān toothpick	紙巾 zhǐ jīn napking pangmesa
食物 shí wù kakanin	肉類 ròu lèi bahagi ng karne
牛肉 niú ròu karne ng baka	豬肉 zhū ròu karne ng baboy
羊肉 yáng ròu karne ng kambing	雞肉 jī ròu karne ng manok

火腿 huǒ tuǐ hamon	海鮮 hǎi xiān laman dagat
魚 yú isda	章魚 zhāng yú pugita
烏賊 wū zéi pusit	蝦子 xiā zi hipon
蚵蠣 kē lì talaba	龍蝦 lóng xiā ulang
螃蟹 páng xiè alimango	海苔 hǎi tái halamang dagat
蔬菜 shū cài gulay	茄子 qié zi talong
高麗菜 gāo lì cài repolyo	花椰菜 huā yé cài cauliflower / koliplor
玉米 yù mǐ mais	香菇 xiāng gū kabute

洋蔥 yáng cōng sibuyas	小黃瓜 xiǎo huáng guā pipino maliit
紅蘿蔔 hóng luó bo pulang labanos	番茄 fān qié kamatis
南瓜 nán guā kalabasa	豌豆 wān dòu gisantes
蘆筍 lú sǔn labanos	馬鈴薯 mǎ líng shǔ patatas
薑 jiāng luya	辣椒 là jiāo sili
水果 shuǐ guǒ prutas	蘋果 píng guǒ mansanas
西瓜 xī guā pakwan	木瓜 mù guā papaya
香蕉 xiāng jiāo saging	葡萄 pú táo ubas

梨子 lí zi peras	番茄 fān qié kamatis
草莓 cǎo méi strawberry	荔枝 lì zhī lichiyas
哈密瓜 hā mì guā melon	鳳梨 fèng lí pinya
檸檬 níng méng lemon	柳橙 liǔ chéng orange
葡萄柚 pú táo yòu suha	奇異果 qí yì guǒ kiwi
蓮霧 lián wù makopa	櫻桃 yīng táo cherry
柿子 shì zi persimmon	調味料 tiáo wèi liào condiments / pampalasa
醬油 jiàng yóu toyo	鹽 yán asin

糖 táng asukal	胡椒 hú jiāo paminta
醋 cù suka	番茄醬 fān qié jiàng ketsup
芥末 jiè mò mustard	奶油 nǎi yóu krema
果醬 guǒ jiàng minatamis	美乃滋 měi nǎi zī mayonaise
飲料 yǐn liào inumin	牛奶 niú nǎi gatas
咖啡 kā fēi kape	果汁 guǒ zhī fruit juice
開水 kāi shuǐ tubig	熱開水 rè kāi shuǐ mainit na tubig
茶 chá tsaa	可樂 kě lè cola

可可亞 kě kě yǎ cocoa	烏龍茶 wū lóng chá oolong tsaa
綠茶 lǜ chá berdeng tsaa	紅茶 hóng chá pulang tsaa
奶茶 nǎi chá tsaang me gatas	午餐 wǔ cān tanghalian
晚餐 wǎn cān hapunan	下午茶 xià wǔ chá pang hapon na tsaa
準備中 zhǔn bèi zhōng nag-aayos / nagpeprepara	營業中 yíng yè zhōng bukas
打烊 dǎ yáng sarado	買單 mǎi dān bumili / magbayad
服務費 fú wù fèi bayad serbisyo	吸菸區 xī yān qū lugar sigarilyuhan
禁菸區 jìn yān qū bawal manigarilyo	

● 附近有菲律賓餐廳嗎？
fù jìn yǒu fēi lù bīn cān tīng ma
Meron bang malapit na pilipino restoran dito?

● 我要嚐一嚐本地的特別風味。
wǒ yào cháng yī cháng běn dì de tè bié fēng wèi
Gusto ko ng ibat ibang lokal espesyal na lasa.

● 我想要一張兩人座的桌子。
wǒ xiǎng yào yī zhāng liǎng rén zuò de zhuō zi
Gusto ko ng isang mesa para sa dalawang tao.

● 需要訂位嗎？
xū yào dìng wèi ma
Nais niyo bang magreserba?

● 預訂一張七點鐘四個人的座位。
yù dìng yī zhāng qī diǎn zhōng sì ge rén de zuò wèi
Ipag reserba mo ako isang mesa para sa apat na tao mamayang alas siyete.

● 請給我菜單。
qǐng gěi wǒ cài dān
Paki bigyan mo ako ng listahan ng pagkain.

● 我要點那個。
wǒ yào diǎn nà ge
Gusto kong umorder nito.

● 我要點牛排。
wǒ yào diǎn niú pái
Gusto ko ng beef steak.

◎ 我ㄨˇ要ㄧˋ生ㄕㄥ一ㄧ點ㄉㄧㄢˇ的ㄉㄜ。
wǒ yào shēng yī diǎn de
Gusto ko ng hilaw.

半ㄅㄢˋ生ㄕㄥ的ㄉㄜ	半ㄅㄢˋ熟ㄕㄡˊ的ㄉㄜ
bàn shēng de	bàn shóu de
medyo hilaw	medyo luto
老ㄌㄠˇ一ㄧ點ㄉㄧㄢˇ的ㄉㄜ	
lǎo yī diǎn de	
lutong luto	

◎ 我ㄨˇ要ㄧˋ點ㄉㄧㄢˇ今ㄐㄧㄣ天ㄊㄧㄢ的ㄉㄜ特ㄊㄜˋ別ㄅㄧㄝˊ餐ㄘㄢ。
wǒ yào diǎn jīn tiān de tè bié cān
Gusto kong umorder ng espesyal na pagkain para sa araw na ito.

◎ 你ㄋㄧˇ推ㄊㄨㄟ薦ㄐㄧㄢˋ什ㄕㄣˊ麼ㄇㄜ？
nǐ tuī jiàn shén me
Ano ang mairerekomenda mo?

◎ 我ㄨˇ想ㄒㄧㄤˇ要ㄧˋ一ㄧ些ㄒㄧㄝ甜ㄊㄧㄢˊ點ㄉㄧㄢˇ。
wǒ xiǎng yào yī xiē tián diǎn
Gusto ko ng konting minatamis.

◎ 我ㄨˇ們ㄇㄣ供ㄍㄨㄥ應ㄧㄥˋ冰ㄅㄧㄥ淇ㄑㄧˊ淋ㄌㄧㄣˊ、烤ㄎㄠˇ餅ㄅㄧㄥˇ、蛋ㄉㄢˋ糕ㄍㄠ或ㄏㄨㄛˋ是ㄕˋ果ㄍㄨㄛˇ凍ㄉㄨㄥˋ。
wǒ men gōng yìng bīng qí lín kǎo bǐng dàn gāo huò shì guǒ dòng
Mayroon kaming ice cream, tinapay, mga cakes o kaya mga minatamis.

● 你喜歡什麼飲料？
nǐ xǐ huān shén me yǐn liào
Ano ang gusto mong inumin?

● 你喜歡咖啡或是茶？
nǐ xǐ huān kā fēi huò shì chá
Gusto mo ba ng kape o tsaa?

● 先生！請給我一些水，好嗎？
xiān shēng qǐng gěi wǒ yī xiē shuǐ hǎo ma
Mister, maari mo ba akong bigyan ng inuming tubig?

● 小姐！請再給我一杯咖啡，好嗎？
xiǎo jiě qǐng zài gěi wǒ yī bēi kā fēi hǎo ma
Miss! Maari mo ba akong bigyan pa uli ng isang basong kape?

● 你能不能快一點呢？
nǐ néng bù néng kuài yī diǎn ne
Maari bang bilisan mo ng konti?

● 我想這不是我所點的。
wǒ xiǎng zhè bú shì wǒ suǒ diǎn de
Sa tingin ko hindi ito yun pinili ko.

● 我點的菜還沒有來。
wǒ diǎn de cài hái méi yǒu lái
Hindi pa dumadating ang in-order kong mga ulam.

● 請把帳單給我，好嗎？
qǐng bǎ zhàng dān gěi wǒ hǎo ma
Maari mo bang ibigay sa akin yung babayaran ko?

○ 你們接不接受這種信用卡？
nǐ men jiē bù jiē shòu zhè zhǒng xìn yòng kǎ
Tumatanggap ba kayo ng credit card?

○ 我想這加錯了吧！
wǒ xiǎng zhè jiā cuò le ba
Sa tingin ko mali itong idinagdag dito!

○ 請結帳。
qǐng jié zhàng
Paki bayaran lang.

○ 那很好。謝謝你。
nà hěn hǎo xiè xie nǐ
Mabuti, salamat.

交通
jiāo tōng
Transportasyon

CD2 05

高速鐵路 gāo sù tiě lù high speed railways	火車 huǒ chē tren
捷運 jié yùn M.R.T	公車 gōng chē bus
計程車 jì chéng chē taxi	機車 jī chē motorsiklo
自行車 zì xíng chē bisikleta	船 chuán barko
快車 kuài chē ekspess na tren	普通車 pǔ tōng chē ordinaryo na tren
司機 sī jī tsuper / drayber	月台 yuè tái plataporma sa tren

捷運站 jié yùn zhàn istasyon ng MRT	公車停靠站 gōng chē tíng kào zhàn istasyon ng bus
零錢 líng qián barya	售票處 shòu piào chù bilihan ng tiket
單程車票 dān chéng chē piào one way ticket	來回車票 lái huí chē piào balikan na tiket
全票 quán piào buong presyo ng tiket	半票 bàn piào kalahating presyo ng tiket
捷運售票機 jié yùn shòu piào jī awtomatikong bilihan ng tiket sa MRT	上車 shàng chē sakayan
下車 xià chē babaan	座位 zuò wèi upuan
路線圖 lù xiàn tú mapa ng linya	時刻表 shí kè biǎo orasan
塞車 sāi chē trapik	加油站 jiā yóu zhàn gasolinahan

停車場
tíng chē chǎng
lugar ng parking

○ 哪裡可以叫到計程車？
nǎ lǐ kě yǐ jiào dào jì chéng chē
Saan maaring tumawag ng taksi?

○ 請幫我叫一部計程車。
qǐng bāng wǒ jiào yí bù jì chéng chē
Maari bang ipatawag mo ako ng isang taksi.

○ 請載我到這個地方。
qǐng zài wǒ dào zhè ge dì fāng
Maari mo ba akong ihatid dito sa lugar na ito.

○ 請等一會兒。
qǐng děng yī huǐ ér
Maari bang antayin mo ako sandali.

○ 請快一點，我已經遲到了。
qǐng kuài yī diǎn wǒ yǐ jīng chí dào le
Maari bang paki bilisan, late na ako.

○ 請讓我在這兒下車。
qǐng ràng wǒ zài zhè ér xià chē
Maari bang paki baba mo ako dito.

○ 車費是多少？
chē fèi shì duō shǎo
Magkano ang pasahe?

● 要到馬尼拉該搭哪一班公車？
yào dào mǎ ní lā gāi dā nǎ yī bān gōng chē
Pagdating ko sa Manila anong Bus ang puwede kong sakyan?

● 最近的公車停靠站在哪兒？
zuì jìn de gōng chē tíng kào zhàn zài nǎ ér
Saan ba ang pinakamalapit na himpilan ng bus?

● 我要在下一站下車。
wǒ yào zài xià yī zhàn xià chē
Sa susunod na himpilan ako bababa.

● 這部公車開往馬尼拉嗎？
zhè bù gōng chē kāi wǎng mǎ ní lā ma
Papunta ba ng Manila itong Bus na ito?

● 可以給我一張地下鐵的路線圖嗎？
kě yǐ gěi wǒ yī zhāng dì xià tiě de lù xiàn tú ma
Pwede mo ba akong bigyan ng mapa ng subway?

● 請給我一張到馬卡迪的單程車票。
qǐng gěi wǒ yī zhāng dào mǎ kǎ dí de dān chéng chē piào
Bigyan mo nga ako ng isang tiket papuntang Makati.

● 我要預訂快車的座位。
wǒ yào yù dìng kuài chē de zuò wèi
Magpa-book ako ng upuan sa Express na tren.

● 兩張到宿霧的快車票。
liǎng zhāng dào sù wù de kuài chē piào
Pagbilhan mo nga ako ng dalawang Ekspres tiket papontang cebu.

● 我該在哪兒換車？
wǒ gāi zài nǎ ér huàn chē
Saan ako maaring lumipat ng sasakyan?

● 這一部電車在巴賽市停嗎？
zhè yī bù diàn chē zài bā sài shì tíng ma
Hihinto ba itong LRT sa Pasay City?

● 我沒趕上火車。
wǒ méi gǎn shàng huǒ chē
Hindi ako umabot para makasakay ng tren.

● 下一班車幾點開呢？
xià yī bān chē jǐ diǎn kāi ne
Anong oras darating ang susunod na tren?

● 這個位子有人坐嗎？
zhè ge wèi zi yǒu rén zuò ma
May nakaupo na ba dito?

● 我要租一部汽車。
wǒ yào zū yī bù qì chē
Gusto kong magrenta ng isang kotse.

● 我喜歡一輛小型車。
wǒ xǐ huān yī liàng xiǎo xíng chē
Gusto ko ng isang maliit na sasakyan(kotse).

● 我喜歡一輛大型旅行車。
wǒ xǐ huān yī liàng dà xíng lǚ xíng chē
Gusto ko ng malaking sasakyan pampasyal (SUV).

○ 一天多少錢？
yī tiān duō shǎo qián
Magkano ang isang araw?

○ 請給我看一下價目表。
qǐng gěi wǒ kàn yī xià jià mù biǎo
Pwede bang makita ang mga listahan ng presyo.

○ 我要將意外險包括在內。
wǒ yào jiāng yì wài xiǎn bāo kuò zài nèi
Gusto ko yung kasama sa insurance yung para sa aksidente.

○ 我可以在目的地還車嗎？
wǒ kě yǐ zài mù dì dì huán chē ma
Puwede ba akong magpalit ng sasakyan duon sa destinasyon ko?

○ 附近有加油站嗎？
fù jìn yǒu jiā yóu zhàn ma
Saan may malapit na gasolinahan?

○ 我的輪胎爆了。
wǒ de lún tāi bào le
Pumutok ang gulong ko.

○ 請加滿汽油。
qǐng jiā mǎn qì yóu
Paki kargahan mo ng puno ang gasolina.

○ 我的車子故障了。
wǒ de chē zi gù zhàng le
Nasira ang sasakyan ko.

問路
wèn lù
Pagtanong ng daan

CD2 06

東 dōng silangan	西 xī kanluran
南 nán timog	北 běi hilaga
前 qián harapan	後 hòu likuran
左 zuǒ kaliwa	右 yòu kanan
遠 yuǎn malayo	近 jìn malapit
直走 zhí zǒu diretso	轉角處 zhuǎn jiǎo chù kanto

對面 duì miàn tapat	這裡 zhè lǐ dito
那裡 nà lǐ saan	哪裡 nǎ lǐ saan
路標 lù biāo road sign	斑馬線 bān mǎ xiàn pedestrian / tawiran
紅綠燈 hóng lǜ dēng stop light	迷路 mí lù ligaw
十字路口 shí zì lù kǒu crossroad / sangang daan	人行道 rén xíng dào pedestrian / daanan ng tao

● 請你指示我博物館該怎麼走好嗎？

qǐng nǐ zhǐ shì wǒ bó wù guǎn gāi zěn me zǒu hǎo ma

Ituro mo nga sa akin ang papuntang museo?

● 在下一個街角向右轉。

zài xià yī ge jiē jiǎo xiàng yòu zhuǎn

Duon sa unang kanto ng kalasada ikanan mo.

● 在第二個紅綠燈的地方向左轉。

zài dì èr ge hóng lǜ dēng de dì fāng xiàng zuǒ zhuǎn

Ikaliwa mo sa pangalawang stop light.

● 從右邊第三條路走。

cóng yòu biān dì sān tiáo lù zǒu

Duon sa kanang bahagi ng ikatlong kalye.

● 在十字路口向左轉。

zài shí zì lù kǒu xiàng zuǒ zhuǎn

I-Kaliwa mo sa bukana ng crossing.

● 請在這一張地圖上指給我看現在在哪裡？

qǐng zài zhè yī zhāng dì tú shàng zhǐ gěi wǒ kàn xiàn zài zài nǎ lǐ

Pwede mo bang makita itong mapa kung nasaan na ako ngayon?

● 這一條路上有什麼比較醒目的建築物嗎？

zhè yī tiáo lù shàng yǒu shén me bǐ jiào xǐng mù de jiàn zhú wù ma

Anong gusali ang sikat dito sa kalye na ito?

● 坐地下鐵還是搭公車去，哪一種比較好？

zuò dì xià tiě hái shì dā gōng chē qù nǎ yī zhǒng bǐ jiào hǎo

Alin ang mas maganda, sumakay ng MRT o BUS?

◎ 那ˇˋ裡ˇˇ靠ˋˋ近ˋˋ地ˋˋ下ˋˋ火ˇˇ車ˊˊ站ˋˋ嗎˙？

nà lǐ kào jìn dì xià huǒ chē zhàn ma

Saan ang pinaka malapit na istasyon ng MRT tren?

◎ 請ˇˇ你ˇˇ告ˋˋ訴ˋˋ我ˇˇ怎ˇˇ麼˙去ˋˋ那ˇˋ裡ˇ好ˇ嗎˙？

qǐng nǐ gào sù wǒ zěn me qù nà lǐ hǎo ma

Maari bang sabihin mo sa akin saan ang mas madaling daanan?

◎ 你ˇˇ能ˊˊ夠ˋˋ幫ˇˇ我ˇˇ畫ˋˋ一ˋ張ˇˇ圖ˊˊ嗎˙？

nǐ néng gòu bāng wǒ huà yī zhāng tú ma

Maari bang bigyan mo ako ng isang sketch ng mapa?

◎ 請ˇˇ告ˋˋ訴ˋˋ我ˇˇ馬ˇˇ尼ˊˊ拉ˋˋ飯ˋˋ店ˋˋ怎ˇˇ麼˙去ˋˋ？

qǐng gào sù wǒ mǎ ní lā fàn diàn zěn me qù

Maari mo bang sabihin sa akin kung paano ako makakapunta dito sa Manila Hotel?

◎ 抱ˋˋ歉ˋˋ，請ˇˇ你ˇˇ再ˋˋ講ˇˇ一ˋ遍ˋˋ好ˇ嗎˙？

bào qiàn qǐng nǐ zài jiǎng yí biàn hǎo ma

Paumanhin, maari bang sbihin mo ulit sa akin?

◎ 哪ˇˇ裡ˇˇ有ˇˇ電ˋˋ話ˋˋ亭ˊˊ？

nǎ lǐ yǒu diàn huà tíng

Saan may telepono dito?

約會
yuē huì
Appointment / Pakikipagkita

CD2 07

○ 我想跟希爾先生約會。
wǒ xiǎng gēn xī ěr xiān shēng yuē huì
Nais kong makipagkita kay Mr. Bill.

○ 我不知道星期一你有沒有時間跟我見面。
wǒ bù zhī dào xīng qí yī nǐ yǒu méi yǒu shí jiān gēn wǒ jiàn miàn
Di ko alam kung may oras ka sa lunes para makipagkita sa akin.

○ 你能不能和我一塊兒吃午飯呢？
nǐ néng bù néng hé wǒ yí kuài ēr chī wǔ fàn ne
Maaari mo ba ko samahan para mananghalian?

○ 星期二可以嗎？
xīng qí èr kě yǐ ma
Maaari ba sa martes?

○ 什麼時候比較方便？
shén me shí hòu bǐ jiào fāng biàn
Kailan mas conveniente?

○ 我們在哪兒見面？
wǒ men zài nǎ ér jiàn miàn
Saan tayo magkikita?

108

◎ 我恐怕星期二無法赴約。
wǒ kǒng pà xīng qí èr wú fǎ fù yuē
Baka hindi ako pwede sa martes.

◎ 某種無法避免的事情發生了。
mǒu zhǒng wú fǎ bì miǎn de shì qíng fā shēng le
Mayroong mga pagkakataon na mahirap iwasan.

◎ 我們改天好嗎？
wǒ men gǎi tiān hǎo ma
Sa susunod na araw na lang?

◎ 任何你適合的時間，我都可以。
rèn hé nǐ shì hé de shí jiān wǒ dōu kě yǐ
Kahit na anong oras, pwede ako.

◎ 我喜歡早上。
wǒ xǐ huān zǎo shàng
Gusto ko sa umaga.

◎ 抱歉，讓你久等了。
bào qiàn ràng nǐ jiǔ děng le
Pasensiya na, nagantay ka ng matagal.

建築物
jiàn zhú wù
Gusali / Istraktura

CD2 08

警察局 jǐng chá jú istasyon ng pulis	便利商店 biàn lì shāng diàn tindahan
郵局 yóu jú padalahan ng sulat	銀行 yín háng bangko
百貨公司 bǎi huò gōng sī department store	公園 gōng yuán plasa / pasyalan
體育館 tǐ yù guǎn lugar pang ehersisyo	教堂 jiào táng simbahan
寺廟 sì miào templo	遊樂園 yóu lè yuán palaruan
動物園 dòng wù yuán zoo	博物館 bó wù guǎn museo

美術館 měi shù guǎn bulwagang pang arte	電影院 diàn yǐng yuàn sinehan
藥局 yào jú botika	醫院 yī yuàn ospital
書店 shū diàn bilihan ng libro	

娛ㄩˊ樂ㄌㄜˋ / 運ㄩㄣˋ動ㄉㄨㄥˋ

yú lè /yùn dòng

Palaruan / Ehersisyo

CD2 09

海ㄏㄞˇ hǎi dagat	沙ㄕㄚ灘ㄊㄢ shā tān dalampasigan
港ㄍㄤˇ口ㄎㄡˇ gǎng kǒu piyer	湖ㄏㄨˊ hú lawa
農ㄋㄨㄥˊ場ㄔㄤˇ nóng chǎng bukid	森ㄙㄣ林ㄌㄧㄣˊ sēn lín gubat
露ㄌㄨˋ營ㄧㄥˊ lù yíng kampo (bivouac)	烤ㄎㄠˇ肉ㄖㄡˋ kǎo ròu ihaw
溫ㄨㄣ泉ㄑㄩㄢˊ wēn quán hot spring	籃ㄌㄢˊ球ㄑㄧㄡˊ lán qiú basketball
排ㄆㄞˊ球ㄑㄧㄡˊ pái qiú volleyball	羽ㄩˇ球ㄑㄧㄡˊ yǔ qiú badminton

網球 wǎng qiú tennis	棒球 bàng qiú baseball
足球 zú qiú football	桌球 zhuō qiú pingpong
撞球 zhuàng qiú bilyaran	保齡球 bǎo líng qiú bowling
游泳 yóu yǒng paglangoy	高爾夫球 gāo ěr fū qiú golf
跑步 pǎo bù takbo	滑雪 huá xuě skiing
騎馬 qí mǎ pangangabayo	相撲 xiàng pū sumo wrestling
瑜珈 yú jiā yoga	拳賽 quán sài boksing
爬山 pá shān umakyat ng bundok	

● 今晚有什麼體育活動？

jīn wǎn yǒu shén me tǐ yù huó dòng

Anong laro meron ngayong gabi?

● 哪幾隊參加比賽呢？

nǎ jǐ duì cān jiā bǐ sài ne

Ilang team ang mga kasali sa palaro?

● 下場球賽什麼時候開始？

xià chǎng qiú sài shén me shí hòu kāi shǐ

Anong oras magsisimula ang susunod na palaro?

● 今晚誰參加拳賽呢？

jīn wǎn shéi cān jiā quán sài ne

Sino ang maglalaban sa boksing mamayang gabi?

● 比賽什麼時候開始？

bǐ sài shén me shí hòu kāi shǐ

Kailan nagsimula ang palaro?

● 我到哪兒才能買到門票呢？

wǒ dào nǎ ér cái néng mǎi dào mén piào ne

Saan lugar ako maaring bumili ng tiket?

● 今晚有什麼娛樂節目嗎？

jīn wǎn yǒu shén me yú lè jié mù ma

Anong meron pwedeng paglibangan mamayang gabi?

● 皇宮戲院正在上映什麼片子？

huáng gōng xì yuàn zhèng zài shàng yìng shén me piàn zi

Anong palabas mamaya sa imperial palace?

市內有什麼中國電影在上映嗎？

shì nèi yǒu shén me zhōng guó diàn yǐng zài shàng yìng ma

Ano ang palabas na sine ng mga pelikulang chinese?

今晚有音樂演奏會嗎？

jīn wǎn yǒu yīn yuè yǎn zòu huì ma

Mayron bang concert mamayang gabi?

今晚有芭蕾舞表演嗎？

jīn wǎn yǒu bā lěi wǔ biǎo yǎn ma

Meron bang palabas na ballet ngayong gabi?

我還能買到今晚節目的門票嗎？

wǒ hái néng mǎi dào jīn wǎn jié mù de mén piào ma

Maari pa ba akong makabili ng tiket para sa plabas ngayong gabi?

我想買兩張二樓的包廂票。

wǒ xiǎng mǎi liǎng zhāng èr lóu de bāo xiāng piào

Gusto kong bumili ng dalawang tiket para sa pangalawang palapag na upuan.

你們還有樓下前排的座位嗎？

nǐ men hái yǒu lóu xià qián pái de zuò wèi ma

Meron pa ba kayong tiket para sa babang harapan na upuan?

表演什麼時候結束？

biǎo yǎn shén me shí hòu jié shù

Anong oras matatapos ang palabas?

● 給我一張節目單，好嗎？

gěi wǒ yī zhāng jié mù dān hǎo ma

Bigyan mo nga ako listahan ng mga palabas, pwede ba?

● 我怎樣找到座位呀？

wǒ zěn yàng zhǎo dào zuò wèi ya

Paano ko mahahanap ang upuan ko?

● 你確定你坐對位子了嗎？

nǐ què dìng nǐ zuò duì wèi zi le ma

Sigurado ka bang tama ang inuupuan mo?

● 中間休息時間有多長？

zhōng jiān xiū xí shí jiān yǒu duō cháng

Gaano kahaba ang pahinga ng intermisyon?

● 賣小吃的櫃檯在哪兒？

mài xiǎo chī de guì tái zài nǎ ér

Saan ba dito ang bilihan ng kakanin?

● 這一家旅館附近有什麼夜總會嗎？

zhè yī jiā lǚ guǎn fù jìn yǒu shén me yè zǒng huì ma

Saan may malapit dito sa hotel na night club?

● 歌舞表演什麼時候開始？

gē wǔ biǎo yǎn shén me shí hòu kāi shǐ

Kailan magsisimula ang sayaw?

● 有最低消費額嗎？

yǒu zuì dī xiāo fèi é ma

Meron bang mura dito?

購物
gòu wù
Shopping

夾克 jiá kè jacket	西裝 xī zhuāng pormal na damit — CD2 **10**
洋裝 yáng zhuāng bestida	毛衣 máo yī sweater
襯衫 chèn shān pang itaas na damit	T 恤 T xù t-shirt
裙子 qún zi palda	褲子 kù zi pantalon
牛仔褲 niú zǎi kù maong na pantalon	睡衣 shuì yī damit pang tulog
泳裝 yǒng zhuāng damit panlangoy	內褲 nèi kù damit panloob
胸罩 xiōng zhào bra	領帶 lǐng dài tie

襪ㄨˋ子ˇ wà zi medyas	絲ㄙ襪ㄨˋ sī wà stockings
皮ㄆˊ鞋ㄒㄧㄝˊ pí xié balat na sapatos	運ㄩㄣˋ動ㄉㄨㄥˋ鞋ㄒㄧㄝˊ yùn dòng xié pantakbo na sapatos
高ㄍㄠ跟ㄍㄣ鞋ㄒㄧㄝˊ gāo gēn xié mataaas na takong na sapatos	眼ㄧㄢˇ鏡ㄐㄧㄥˋ yǎn jìng salamin
太ㄊㄞˋ陽ㄧㄤˊ眼ㄧㄢˇ鏡ㄐㄧㄥˋ tài yáng yǎn jìng salamin pang araw	手ㄕㄡˇ錶ㄅㄧㄠˇ shǒu biǎo relos pangkamay
戒ㄐㄧㄝˋ指ㄓˇ jiè zhǐ singsing	項ㄒㄧㄤˋ鍊ㄌㄧㄢˋ xiàng liàn necklace
手ㄕㄡˇ環ㄏㄨㄢˊ shǒu huán pulseras	耳ㄦˇ環ㄏㄨㄢˊ ěr huán hikaw
胸ㄒㄩㄥ針ㄓㄣ xiōng zhēn tarik	皮ㄆˊ夾ㄐㄧㄚˊ pí jiá wallet
公ㄍㄨㄥ事ㄕˋ包ㄅㄠ gōng shì bāo bag pang opisina	雨ㄩˇ傘ㄙㄢˇ yǔ sǎn payong

護唇膏 hù chún gāo pakinang	口紅 kǒu hóng lipistik
眉筆 méi bǐ pang guhit ng kilay	睫毛膏 jié máo gāo mascara
眼影 yǎn yǐng eye shadow	化妝水 huà zhuāng shuǐ make up
粉底 fěn dǐ foundation	蜜粉 mì fěn pulbo
卸妝乳 xiè zhuāng rǔ make up remover	乳液 rǔ yì lotion
防曬乳 fáng shài rǔ sun block	指甲油 zhǐ jiǎ yóu kyutiks
去光水 qù guāng shuǐ acetone	洗面乳 xǐ miàn rǔ sabon sa mukha
香水 xiāng shuǐ pabango	梳子 shū zi suklay

○ 請進來。
qǐng jìn lái
Tuloy po kayo.

○ 這個多少錢？
zhè ge duō shǎo qián
Magkano ito?

○ 我們缺貨了。
wǒ men quē huò le
Ubos na ang stock namin.

○ 我要三十八號的。
wǒ yào sān shí bā hào de
Gusto ko ng size 38.

○ 這一件可以試穿嗎？
zhè yī jiàn kě yǐ shì chuān ma
Maari ko isukat ito?

○ 這一件太大。
zhè yī jiàn tài dà
Masyadong malaki.

○ 有小一點的嗎？
yǒu xiǎo yī diǎn de ma
Meron bang mas maliit?

○ 有我的尺寸嗎？
yǒu wǒ de chǐ cùn ma
Meron bang sukat para sa akin?

● 我～想～看～看～其～他～不～同～的～顏～色～。
wǒ xiǎng kàn kàn qí tā bù tóng de yán sè
Maari bang makita pa ang ibang kulay.

● 這～一～件～洋～裝～多～少～錢～？
zhè yī jiàn yáng zhuāng duō shǎo qián
Magkano ba itong amerkanang ito?

● 你～們～有～同～樣～款～式～但～不～同～圖～案～的～嗎～？
nǐ men yǒu tóng yàng kuǎn shì dàn bù tóng tú àn de ma
Meron ba kayong ganitong klase pero iba ang design?

● 請～讓～我～看～一～看～平～底～鞋～。
qǐng ràng wǒ kàn yī kàn píng dǐ xié
Maaari ko bang tingnan yung flat na sapatos.

● 能～給～我～減～一～點～價～錢～嗎～？
néng gěi wǒ jiǎn yī diǎn jià qián ma
Puwede bang tumawad sa presyo?

● 對～不～起～。請～讓～我～看～一～下～右～邊～第～三～條～金～項～鍊～。
duì bù qǐ qǐng ràng wǒ kàn yī xià yòu biān dì sān tiáo jīn xiàng liàn
Pasensiya na, patingin naman yung kwintas sa.pangatlong pila.

● 哪～一～種～品～牌～最～受～歡～迎～？
nǎ yī zhǒng pǐn pái zuì shòu huān yíng
Alin dito sa mga produkto ang mabili?

● 附～保～證～書～嗎～？
fù bǎo zhèng shū ma
May kasama bang warranty ito?

● 我要買這一個。
wǒ yào mǎi zhè yī ge
Gusto kong bilhin ito.

● 出納在哪裡？
chū nà zài nǎ lǐ
Saan ang counter ?

● 總共多少錢？
zǒng gòng duō shǎo qián
Magkano lahat?

● 我想零錢找錯了。
wǒ xiǎng líng qián zhǎo cuò le
Sa tingin ko mali ang sukli mo sa akin.

● 可以用旅行支票付款嗎？
kě yǐ yòng lǚ xíng zhī piào fù kuǎn ma
Puwede bang gamitin ang travellers check na pang bayad?

● 請給我收據。
qǐng gěi wǒ shōu jù
Maari mo ba akong bigyan ng resibo.

● 我想退還這個。
wǒ xiǎng tuì huán zhè ge
Gusto kong ibalik ito.

● 這個尺寸不對。
zhè ge chǐ cùn bú duì
Mali ang sukat nito.

◎ 我想退錢。

wǒ xiǎng tuì qián

Gusto kong ibalik ninyo ang pera ko.

◎ 我想把這個改換別的東西。

wǒ xiǎng bǎ zhè ge gǎi huàn bié de dōng xi

Maari ko bang papalitan ito ng ibang gamit.

乾洗與洗衣
gān xǐ yǔ xǐ yī
Dry clean at paglalaba

○ 附近有自助洗衣店嗎？
fù jìn yǒu zì zhù xǐ yī diàn ma
Meron bang malapit na self service na labahan dito?

○ 我從哪兒可以換到正確數量的零錢？
wǒ cóng nǎ ér kě yǐ huàn dào zhèng què shù liàng de líng qián
Saan ako puwedeng magpapalit ng barya?

○ 我想把這些衣服乾洗一下。
wǒ xiǎng bǎ zhè xiē yī fú gān xǐ yí xià
Maari bang i-dry wash mo itong damit sandali.

○ 我想把這件裙子熨平。
wǒ xiǎng bǎ zhè jiàn qún zi yùn píng
Gusto kong ipa-plantsa itong palda ko.

○ 我想請你們把這些襯衫濕洗一下。
wǒ xiǎng qǐng nǐ men bǎ zhè xiē chèn shān shī xǐ yí xià
Maaari ba ninyong labhan itong mga damit ko.

○ 什麼時候可以洗好？
shén me shí hòu kě yǐ xǐ hǎo
Anong oras matatapos ang laba?

○ 你們能替我補這條褲子嗎？
nǐ men néng tì wǒ bǔ zhè tiáo kù zi ma
Paki tahi naman nitong pantalon ko?

○ 你們能把這些掉了的釦子縫上嗎？
nǐ men néng bǎ zhè xiē diào le de kòu zi féng shàng ma
Paki tahi naman nitong natanggal na butones?

○ 你們能送來給我嗎？
nǐ men néng sòng lái gěi wǒ ma
Maaari bang i deliver mo sa akin?

打電話
dǎ diàn huà
Pagtawag ng telepono

CD2 (12)

● 你知道長榮航空公司的電話號碼嗎？
nǐ zhī dào cháng róng háng kōng gōng sī de diàn huà hào mǎ ma
Alam mo ba ang telephone no. ng EVA air?

● 在電話簿中查一查吧。
zài diàn huà bù zhōng chá yī chá ba
Tingnan mo nga sa telphone directory.

● 問「查號臺」吧。
wèn chá hào tái ba
Itanong mo sa "telephone directory assistance".

● 我可以和懷特先生說話嗎？
wǒ kě yǐ hé huái tè xiān shēng shuō huà ma
Maaari ko bang makausap si ginoong hayter?

● 我可以留言給哈特太太嗎？
wǒ kě yǐ liú yán gěi hā tè tài tai ma
Maaari ba akong mag-iwan ng maensahe para kay mrs. hart?

● 請你叫史東女士打電話給我好嗎？
qǐng nǐ jiào shǐ dōng nǚ shì dǎ diàn huà gěi wǒ hǎo ma
Paki sabi mo kay miss stone na tumawag sa akin, pwede ba?

◎ 我待會兒再打。
wǒ dāi huǐ ér zài dǎ
Tatawagan kita mamaya.

◎ 請大聲一點講話，我聽不見你的聲音。
qǐng dà shēng yì diǎn jiǎng huà wǒ tīng bú jiàn nǐ de shēng yīn
Maaari mo bang lakasan ang boses mo, hindi kita madinig.

◎ 我要接５８３號分機。
wǒ yào jiē wǔ bā sān hào fēn jī
Pipindutin ko ang local 583.

◎ 不要掛斷。
bú yào guà duàn
Huwag po ninyong ibababa.

◎ 講話中。
jiǎng huà zhōng
May kausap.

◎ 你撥錯號碼了。
nǐ bō cuò hào mǎ le
Wrong number.

◎ 那個電話故障了。
nà ge diàn huà gù zhàng le
Sira ang telepono na iyan.

◎ 沒有人接電話。
méi yǒu rén jiē diàn huà
Walang sumasagot ng telepono.

● 我ㄨˇ想ㄒㄧㄤˇ打ㄉㄚˇ長ㄔㄤˊ途ㄊㄨˊ電ㄉㄧㄢˋ話ㄏㄨㄚˋ。
wǒ xiǎng dǎ cháng tú diàn huà
Gusto kong tumawag ng long dictances call.

● 我ㄨˇ想ㄒㄧㄤˇ打ㄉㄚˇ由ㄧㄡˊ對ㄉㄨㄟˋ方ㄈㄤ付ㄈㄨˋ費ㄈㄟˋ的ㄉㄜ電ㄉㄧㄢˋ話ㄏㄨㄚˋ。
wǒ xiǎng dǎ yóu duì fāng fù fèi de diàn huà
Gusto kong tumawag ng collect call.

● 你ㄋㄧˇ願ㄩㄢˋ意ㄧˋ付ㄈㄨˋ費ㄈㄟˋ接ㄐㄧㄝ聽ㄊㄧㄥ強ㄑㄧㄤˊ森ㄙㄣ先ㄒㄧㄢ生ㄕㄥ打ㄉㄚˇ來ㄌㄞˊ的ㄉㄜ電ㄉㄧㄢˋ話ㄏㄨㄚˋ嗎ㄇㄚˇ？
nǐ yuàn yì fù fèi jiē tīng qiáng sēn xiān shēng dǎ lái de diàn huà ma
Tumawag si Mr, johnson, maari mo na bang bayaran ang expenses?

藥局
yào jú
Botika

胃藥 wèi yào gamot sa sakit ng tiyan	止瀉藥 zhǐ xiè yào gamot sa pagtatae
止痛藥 zhǐ tòng yào gamot sa kirot	感冒藥 gǎn mào yào gamot sa trangkaso
眼藥水 yǎn yào shuǐ gamot sa mata	維他命 wéi tā mìng bitamina
OK 繃 OK bèng band aid	紗布 shā bù gasa
紙尿褲 zhǐ niào kù diaper	衛生棉 wèi shēng mián sanitary napkin
保險套 bǎo xiǎn tào condom	體溫計 tǐ wēn jì thermometer
生理食鹽水 shēng lǐ shí yán shuǐ saline solution	

CD2 **13**

● 藥局在哪裡？
yào jú zài nǎ lǐ
Saan dito ang botika?

● 請給我一些感冒藥。
qǐng gěi wǒ yì xiē gǎn mào yào
Bigyan mo nga ako ng gamot sa trangkaso.

● 這個藥多久服一次呢？
zhè ge yào duō jiǔ fú yí cì ne
Gaano katagal ang pag- inom nitong gamot?

● 飯後一日三次。
fàn hòu yí rì sān cì
Tatlong beses matapos kumain sa isang araw.

● 你能推薦一位醫生嗎？
nǐ néng tuī jiàn yí wèi yī shēng ma
Puwede mo ba akong i-rekomenda ng isang doktor?

● 我想約看病的時間。
wǒ xiǎng yuē kàn bìng de shí jiān
Gustong malaman kung anong oras ako magpapatingin sa doktor.

● 我想我發燒了。
wǒ xiǎng wǒ fā shāo le
Sa tingin ko may lagnat na ako.

● 我頭痛。
wǒ tóu tòng
Masakit ang ulo ko.

我頭昏。
wǒ tóu hūn
Nahihilo ako.

我喉嚨痛。
wǒ hóu lóng tòng
Masakit ang lalamunan ko.

我胸部痛。
wǒ xiōng bù tòng
Masakit ang dibdib ko.

我的手腫了。
wǒ de shǒu zhǒng le
Namamaga ang kamay ko.

我胃痛。
wǒ wèi tòng
Masakit ang tiyan ko.

我瀉肚。
wǒ xiè dù
Nagta-tae ako.

我吃不下東西。
wǒ chī bú xià dōng xi
Hindi ako makakain ng pagkain.

我到哪兒可以配到這個藥方？
wǒ dào nǎ ér kě yǐ pèi dào zhè ge yào fāng
Saan ba ako maaring bumili ng pareho nitong gamot?

● 我應該多久服一次藥？

wǒ yīng gāi duō jiǔ fú yí cì yào

Gaano katagal pag-inom nitong gamot?

● 我必須躺在床上嗎？

wǒ bì xū tǎng zài chuáng shàng ma

Kailangan ba ako humiga?

● 我必須上醫院嗎？

wǒ bì xū shàng yī yuàn ma

Kailangan ba akong pumunta sa ospital?

● 我要多久才會復原？

wǒ yào duō jiǔ cái huì fù yuán

Gaano ba katagal ang paggaling ko?

身身體體
shēn tǐ
Parte ng katawan

頭 tóu ulo	頭髮 tóu fǎ buhok
眉毛 méi máo kilay	眼睛 yǎn jīng mata
鼻子 bí zi ilong	臉部 liǎn bù mukha
嘴巴 zuǐ bā bunganga	牙齒 yá chǐ ngipin
舌頭 shé tóu dila	脖子 bó zi leeg
肩膀 jiān bǎng balikat	胸部 xiōng bù dibdib

CD2 14

手臂 shǒu bì palad	手 shǒu kamay
手指 shǒu zhǐ daliri	肚臍 dù qí pusod
腹部 fù bù tiyan	大腿 dà tuǐ hita
膝蓋 xī gài tuhod	小腿 xiǎo tuǐ binti
腳踝 jiǎo huái bukong bukong	腳 jiǎo paa
背部 bèi bù likod	腰部 yāo bù balakang
臀部 tún bù puwit	

電_{ㄉㄧㄢ}器_{ㄑㄧ}用_{ㄩㄥ}品_{ㄆㄧㄣ}

diàn qì yòng pǐn

Appliances

電腦 diàn nǎo computer	電鍋 diàn guō electric rice cooker CD3 **01**
烤箱 kǎo xiāng oven	微波爐 wéi bō lú microwave oven
電磁爐 diàn cí lú electric stove	洗衣機 xǐ yī jī washing machine
冷氣機 lěng qì jī air conditioner unit	電扇 diàn shàn bentilador
電視 diàn shì TV	電話 diàn huà telepono
冰箱 bīng xiāng refrigerator	吸塵器 xī chén qì vacuum cleaner
除濕機 chú shī jī exhaust fan	電暖器 diàn nuǎn qì pang pa init

電腦周邊
diàn nǎo zhōu biān
Computer peripherals

電腦 diàn nǎo computer	筆記型電腦　CD3 02 bǐ jì xíng diàn nǎo notebook computer
電腦螢幕 diàn nǎo yíng mù computer monitor	印表機 yìn biǎo jī printer
影印紙 yǐng yìn zhǐ printing paper	滑鼠 huá shǔ mouse
鍵盤 jiàn pán keyboard	隨身碟 suí shēn dié usb
光碟燒錄片 guāng dié shāo lù piàn cd burner	

網路和電子郵件
wǎng lù hé diàn zǐ yóu jiàn
Internet and e-mail

電子郵件專有名詞
diàn zǐ yóu jiàn zhuān yǒu míng cí

CD3 **03**

Email address

收件夾 shōu jiàn jiá inbox	寄件夾 jì jiàn jiá send folder
寄件備份 jì jiàn bèi fèn sent backup	收件者 shōu jiàn zhě receive
寄件者 jì jiàn zhě from	主旨 zhǔ zhǐ subject
收到日期 shōu dào rì qí receive date	新增 xīn zēng add
回覆 huí fù reply	全部回覆 quán bù huí fù all reply

轉寄 zhuǎn jì forward	傳送 / 接收 chuán sòng /jiē shōu sent/get
垃圾郵件 lè sè yóu jiàn spam	刪除的郵件 shān chú de yóu jiàn trash
插入檔案 chā rù dǎng àn insert a disk	字型 zì xíng font size
連絡人 lián luò rén pakikipag – usap	亂碼 luàn mǎ samasama na nomero additive device

電腦操作專有名詞
diàn nǎo cāo zuò zhuān yǒu míng cí
Computer operation

壓縮 yā suō compression	解壓縮 jiě yā suō compression solution
安裝 ān zhuāng install	取消 qǔ xiāo cancel

同意 tóng yì agree	不同意 bù tóng yì not agree
下一步 xià yí bù next	回上一步驟 huí shàng yí bù zhòu yung kanina
格式化 gé shì huà format	重新啟動電腦 chóng xīn qǐ dòng diàn nǎo restart
新開檔案 xīn kāi dǎng àn buksan bago	開啟舊檔 kāi qǐ jiù dǎng buksan luma
剪下 jiǎn xià cut	複製 fù zhì cupy
貼上 tiē shàng paste	列印 liè yìn print
預覽列印 yù lǎn liè yìn printing wizard	儲存 chú cún save
資源回收桶 zī yuán huí shōu tǒng recycie bin	

電子郵件地址 diàn zǐ yóu jiàn dì zhǐ email address	密碼 mì mǎ password
登入 dēng rù sign in	登出 dēng chū sign out
傳送 chuán sòng sent	接收 jiē shōu get
傳送檔案 chuán sòng dǎng àn sent	線上 xiàn shàng taking
馬上回來 mǎ shàng huí lái be back soon	忙碌 máng lù busy
離開 lí kāi sign out	外出用餐 wài chū yòng cān out for lunch
顯示為離線 xiǎn shì wéi lí xiàn offline to everyone	

◎ 在網路上可以買到書和 CD。

zài wǎng lù shàng kě yǐ mǎi dào shū hé CD

Puwedeng bumili ng mga libro at CD sa internet.

◎ 你可以連上網路嗎？

nǐ kě yǐ lián shàng wǎng lù ma

Puwede ka bang mag connect sa internet?

◎ 你最近有上網嗎？

nǐ zuì jìn yǒu shàng wǎng ma

Kailan lang ay nasa internet ka?

◎ 你可以從網路下載 WinZip（解壓縮檔程式）。

nǐ kě yǐ cóng wǎng lù xià zǎi WinZip (jiě yā suō dǎng chéng shì)

Puwede mong idownload ang winzip sa internet (compress solution formula).

◎ 你喜歡網路漫遊嗎？

nǐ xǐ huān wǎng lù màn yóu ma

Gusto mo ba network roaming?

◎ 你曾經在網路上購物嗎？

nǐ céng jīng zài wǎng lù shàng gòu wù ma

Nakabili ka na ba sa internet?

◎ 我曾經在網路上購物好幾次。

wǒ céng jīng zài wǎng lù shàng gòu wù hǎo jǐ cì

Ilang beses na akong nakabili sa internet.

◎ 你想和我在線上交談嗎？

nǐ xiǎng hé wǒ zài xiàn shàng jiāo tán ma

Gusto mo bang duon tayo sa internet magusap?

● 我可以有你的電子郵件地址嗎？

wǒ kě yǐ yǒu nǐ de diàn zǐ yóu jiàn dì zhǐ ma

Maari ko bang mahingi ang email address mo?

● 你可以透過電子郵件地址 abcxyz@yahoo.com 和我聯絡。

nǐ kě yǐ tòu guò diàn zǐ yóu jiàn dì zhǐ abcxyz@yahoo.com hé wǒ lián luò

Puwede mong isearch sa email address na ito ABCXYZ@YAHOO. COM and I contact.

● 請儘快用電子郵件告知我消息。

qǐng jǐn kuài yòng diàn zǐ yóu jiàn gào zhī wǒ xiāo xí

Ipadala mo agad sa EMAILS ko ang mga balita.

● 我第一次收到我祖父發給我的電子郵件。

wǒ dì yī cì shōu dào wǒ zǔ fù fā gěi wǒ de diàn zǐ yóu jiàn

Ito ang kauna-unahang email letter na natanggap ko mula sa aking lolo.

● 你可以在 www.linguaquick.com 這個位址找到我的網頁。

nǐ kě yǐ zài www.linguaquick.com zhè ge wèi zhǐ zhǎo dào wǒ de wǎng yè

Maari mong makita ang aking website sa www.linguaquick.com.

● 他寄給珍一封信，並寄一份副本給他的妹妹。

tā jì gěi zhēn yī fēng xìn bìng jì yí fèn fù běn gěi tā de mèi mei

Nagpadala siya ng email kay jean, ipinadala naman din ang isang kopya sa nakababatang kapatid niya.

她寄給傑瑞一篇文章，並寄一份隱藏副本給海倫。

tā jì gěi jié ruì yī piān wén zhāng bìng jì yí fèn yǐn cáng fù běn gěi hǎi lún

Ipinadala niya ang isang article kay jerry, at isang kopya selyado ipinadala naman kay helen.

家ㄐㄧㄚ 庭ㄊㄧㄥ
jiā tíng
Miyembro ng pamilya

外ㄨㄞ 公ㄍㄨㄥ	外ㄨㄞ 婆ㄆㄛ
wài gōng	wài pó
lolo	lola
爺ㄧㄝ 爺ㄧㄝ	奶ㄋㄞ 奶ㄋㄞ
yé ye	nǎi nai
lolo	lola
父ㄈㄨ 親ㄑㄧㄣ	伯ㄅㄛ 父ㄈㄨ
fù qīn	bó fù
tatay	tiyo panganay na kapatid ng tatay
叔ㄕㄨ 叔ㄕㄨ	姑ㄍㄨ 姑ㄍㄨ
shú shu	gū gu
tiyo nakababatang kapatid ng tatay	tiya kapatid na babae ng tatay
母ㄇㄨ 親ㄑㄧㄣ	阿ㄚ 姨ㄧ
mǔ qīn	ā yí
nanay	tiya
舅ㄐㄧㄡ 舅ㄐㄧㄡ	哥ㄍㄜ 哥ㄍㄜ
jiù jiu	gē ge
tiyo kapatid ng nanay	kuya

姐姐 jiě jie ate	弟弟 dì di nakababatang kapatid na lalake
妹妹 mèi mei nakababatang kapatid na babae	兒子 ér zi anak na lalake
媳婦 xí fù manugang na babae	女兒 nǔ ér anak na babae
女婿 nǔ xù manugang na lalake	孫子 sūn zi apo na lalake
孫女 sūn nǔ apo na babae	外孫 wài sūn apo na lalake (parte ng nanay)
外孫女 wài sūn nǔ apo na babae (parte ng nanay)	

稱呼

chēng hū

Pagkikilanlan sa tao

先生 xiān shēng ginoo	太太 tài tai ginang CD3 **05**
小姐 xiǎo jiě binibini	女士 nǚ shì madam
師傅 shī fù maestro	經理 jīng lǐ manager
秘書 mì shū sekretarya	司機 sī jī tsuper
服務員 fú wù yuán tagapaglingkod	售票員 shòu piào yuán ahente
工人 gōng rén manggagawa	商人 shāng rén negosyante

農民 nóng mín **magsasaka**	學生 xué shēng **istudyante**
老師 lǎo shī **titser**	醫生 yī shēng **doktor**
軍人 jūn rén **sundalo**	官員 guān yuán **opisyal**

銀行
yín háng
Bangko

錢 qián pera	現金 xiàn jīn cash
零錢 líng qián barya	鈔票 chāo piào perang papel
總額 zǒng é total	支票 zhī piào tseke
旅行支票 lǚ xíng zhī piào travellers check	兌換 duì huàn palitan ng pera
換開 huàn kāi baryahin ang pera	存摺 cún zhé atm book
金融卡 jīn róng kǎ atm card	匯款 huì kuǎn remittance

CD3 06

領錢 lǐng qián withdrawal	自動提款機 zì dòng tí kuǎn jī ATM machine
菲幣 fēi bì philippine peso	台幣 tái bì pera ng taiwan
美金 měi jīn pera ng u.s.	

○ 這附近有銀行嗎？
zhè fù jìn yǒu yín háng ma
May malapit ba na bangko dito?

○ 旅行支票可以在你們這裡兌換現金嗎？
lǚ xíng zhī piào kě yǐ zài nǐ men zhè lǐ duì huàn xiàn jīn ma
Puwede bang magpa-palit dito ng travellers check?

○ 美金可以在你們這兒兌換成菲律賓幣嗎？
měi jīn kě yǐ zài nǐ men zhè ér duì huàn chéng fēi lǜ bīn bì ma
Pwede ko bang ipalit sa inyo yung u.s$ dollar ko ng peso?

○ 今天的匯率是多少？
jīn tiān de huì lǜ shì duō shǎo
Magkano ang palit ngayon?

○ 請給小額的錢。
qǐng gěi xiǎo é de qián
Pewede mag bigay nang konting pera.

● 對不起。金額不對。
duì bù qǐ jīn é bú duì
Pasensya na po, mali po ang bilang.

● 我想開一個儲蓄存款帳戶。
wǒ xiǎng kāi yí ge chú xù cún kuǎn zhàng hù
Gusto kong mag-bukas ng deposit savings account.

● 我想開一個支票存款（甲種）帳戶。
wǒ xiǎng kāi yí ge zhī piào cún kuǎn (jiǎ zhǒng) zhàng hù
Gusto kong mag-bukas ng checking account.

● 請教我怎樣填存款單。
qǐng jiāo wǒ zěn yàng tián cún kuǎn dān
Turuan mo akong mag sulat dito sa deposit slip.

● 請教我怎樣填提款單。
qǐng jiāo wǒ zěn yàng tián tí kuǎn dān
Turuan mo ako kung paano mag withdraw.

郵局
yóu jú
Padalahan ng sulat

郵筒 yóu tǒng hulugan ng sulat	明信片 míng xìn piàn postcards
信封 xìn fēng envelope	郵票 yóu piào selyo
膠水 jiāo shuǐ pandikit	掛號 guà hào registered mail
本地 běn dì sariling bansa	外埠 wài fù ibang bansa
限時 xiàn shí express	航空信 háng kōng xìn airmail
海運 hǎi yùn seamail	包裹 bāo guǒ package

超重 chāo zhòng sobra sa timbang	地址 dì zhǐ address
姓名 xìng míng pangalan	電話 diàn huà telepono
郵遞區號 yóu dì qū hào zip code	

● 這封航空信寄到台灣要多少郵資？
zhè fēng háng kōng xìn jì dào tái wān yào duō shǎo yóu zī
Magkano ba ang koreo ng airmail papunta ng taiwan?

● 我想把這個包裹用海運寄出。
wǒ xiǎng bǎ zhè ge bāo guǒ yòng hǎi yùn jì chū
Gusto kong ipadala itong Package ko sa pamamagitan ng Sea Cargo.

● 我想為這個小包投保。
wǒ xiǎng wèi zhè ge xiǎo bāo tóu bǎo
Gusto ko nitong packet insurance.

● 這是一件禮物。
zhè shì yí jiàn lǐ wù
Ito ay isang regalo.

◉ 我想把這個用掛號信寄出。

wǒ xiǎng bǎ zhè ge yòng guà hào xìn jì chū

Gusto ko sanang ipadala itong sulat sa pamamagitan ng registered mail.

◉ 我想把這個用快遞寄出。

wǒ xiǎng bǎ zhè ge yòng kuài dì jì chū

Gusto kong ipadala ito sa pamamagitan ng package.

◉ 我想把這個用限時專送寄出。

wǒ xiǎng bǎ zhè ge yòng xiàn shí zhuān sòng jì chū

Gusto kong ipadala ito ng express delivery.

◉ 請給我三張十元的郵票。

qǐng gěi wǒ sān zhāng shí yuán de yóu piào

Bigyang mo ako nang tatlong tigsasampo na selyo.

◉ 我想買四張航空郵簡。

wǒ xiǎng mǎi sì zhāng háng kōng yóu jiǎn

Gusto ko bumili nang apat na tiket.

理髮店
lǐ fǎ diàn
Pagupitan

剪髮 jiǎn fǎ pag-gupit ng buhok	剃刀 tì dāo pang-ahit
刮鬍刀 guā hú dāo labaha/razor	鬍子 hú zi balbas
鬢角 bìn jiǎo patilya	洗頭 xǐ tóu hugas ng buhok

CD3 08

● 我要一般的剪髮。
wǒ yào yī bān de jiǎn fǎ
Gusto ko ng ordinaryong gupit lang.

● 請稍微修一下。
qǐng shāo wéi xiū yí xià
Paki-ayos nalang.

● 不要剪太短。
bú yào jiǎn tài duǎn
Wag masyadong maigsi.

兩旁要多剪一些。
liǎng páng yào duō jiǎn yì xiē
Igsi-an mo pa.

後面要剪薄。
hòu miàn yào jiǎn báo
Igsi-an mo pa sa likod.

請不要擦髮油。
qǐng bú yào cā fǎ yóu
Hinde ako magpapa-hot oil.

我想洗頭。
wǒ xiǎng xǐ tóu
Magpapa-hugas ako ng buhok.

請替我修臉。
qǐng tì wǒ xiū liǎn
Magpapa-facial ako.

美ㄇㄟˇ容ㄖㄨㄥˊ院ㄩㄢˋ
měi róng yuàn
Parlor

美ㄇㄟˇ髮ㄈㄚˇ沙ㄕㄚ龍ㄌㄨㄥˊ měi fǎ shā lóng salon	髮ㄈㄚˇ型ㄒㄧㄥˊ師ㄕ fǎ xíng shī manggugupit	CD3 09
燙ㄊㄤˋ髮ㄈㄚˇ tàng fǎ magpapa-kulot	離ㄌㄧˊ子ㄗˇ燙ㄊㄤˋ lí zǐ tàng magpapa-straight ng buhok	

○ 我ㄨㄛˇ想ㄒㄧㄤˇ洗ㄒㄧˇ頭ㄊㄡˊ和ㄏㄜˊ做ㄗㄨㄛˋ頭ㄊㄡˊ髮ㄈㄚˇ。
wǒ xiǎng xǐ tóu hé zuò tóu fǎ
Gusto kong magpaayos at magpahugas ng buhok.

○ 我ㄨㄛˇ想ㄒㄧㄤˇ剪ㄐㄧㄢˇ頭ㄊㄡˊ髮ㄈㄚˇ。
wǒ xiǎng jiǎn tóu fǎ
Gusto kong magpagupit.

○ 我ㄨㄛˇ想ㄒㄧㄤˇ燙ㄊㄤˋ髮ㄈㄚˇ。
wǒ xiǎng tàng fǎ
Gusto kong mag pakulot.

○ 我ㄨㄛˇ想ㄒㄧㄤˇ染ㄖㄢˇ髮ㄈㄚˇ。
wǒ xiǎng rǎn fǎ
Gusto kong magpakulay ng buhok.

請給我看一看顏色表。

qǐng gěi wǒ kàn yí kàn yán sè biǎo

Pwedeng makita ang mga sample ng mga pangkulay.

請給我看不同髮型的圖片。

qǐng gěi wǒ kàn bù tóng fǎ xíng de tú piàn

Bigyan mo nga ako ng libro ng mga modelo ng buhok.

我喜歡這個髮型。

wǒ xǐ huān zhè ge fǎ xíng

Gusto ko ng ganitong ayos ng buhok.

你能替我把頭髮做成這個髮型嗎？

nǐ néng tì wǒ bǎ tóu fǎ zuò chéng zhè ge fǎ xíng ma

Puwede mo ba akong gupitan ng ganitong klase ng gupit sa buhok?

我想修指甲。

wǒ xiǎng xiū zhǐ jiǎ

Gusto kong magpa-ayos ng kuko.

動詞
dòng cí
Pandiwa

單字 dān zì wika	造句 zào jù pangungusap
叫 jiào tawag	我去叫她。 wǒ qù jiào tā Tatawagin ko siya.
愛 ài mahal	我愛你。 wǒ ài nǐ Mahal kita.
請 qǐng please	請坐。 qǐng zuò Maupo po kayo.
來 lái halika	請進來。 qǐng jìn lái Tuloy po kayo.
離開 lí kāi alis	湯姆先生一點離開房間。 tāng mǔ xiān shēng yī diǎn lí kāi fáng jiān Ginoong Tom ay umalis ng ala-una sa kanyang kuarto.

走 zǒu lakad	他站起來走向窗戶。 tā zhàn qǐ lái zǒu xiàng chuāng hù Siya ay tumayo at lumakad papunta ng bintana.
跑 pǎo takbo	她不得不跑過去趕搭公車。 tā bù dé bù pǎo guò qù gǎn dā gōng chē Siya ay patakbo pasakay ng bus.
到 dào abot	這些包裹明天到。 zhè xiē bāo guǒ míng tiān dào Darating bukas ang padalang kahon.
站 zhàn tayo	這位男孩一直站著。 zhè wèi nán hái yī zhí zhàn zhe Laging nakatayo itong batang ito.
坐 zuò upo	請坐。 qǐng zuò Maupo po kayo.
蹲 dūn tuwad	他蹲在桌下。 tā dūn zài zhuō xià Siya ay nakatuwad sa mesa.
跳 tiào talon	他跳過了那條小溪。 tā tiào guò le nà tiáo xiǎo xī Tumalon siya papunta sa kabila ng maliit na ilog.
停 tíng hinto / tigil	巴士停了下來。 bā shì tíng le xià lái Ang bus ay huminto.

等 děng hintay	他們在等火車。 tā men zài děng huǒ chē Sila ay naghihintay sa istasyon ng tren.
進來 jìn lái tuloy	我可以進來嗎? wǒ kě yǐ jìn lái ma Maari po ba akong tumuloy?
離開 lí kāi lisan	離開這裡。 lí kāi zhè lǐ Lumisan dito.
過來 guò lái halika	過來我身邊。 guò lái wǒ shēn biān Halika dito sa tabi ko.
過去 guò qù tawid	你過去對街。 nǐ guò qù duì jiē Tumawid ka sa tapat ng kalye.
回來 huí lái balik	狗自己回來了。 gǒu zì jǐ huí lái le Sariling bumalik ang aso.
回去 huí qù umuwi / uwi	時間不早了,我該回去了。 shí jiān bù zǎo le wǒ gāi huí qù le Gumagabi na, dapat na akong umuwi.
想 xiǎng isip / naalala	我想他會來的。 wǒ xiǎng tā huì lái de Naisip ko siya pala ay darating.

聽 tīng dinig / kinig	我可以聽音樂。 wǒ kě yǐ tīng yīn yuè Maari ba akong makinig ng musika.
說 shuō salita	你可以說英文嗎？ nǐ kě yǐ shuō yīng wén ma Maari ka bang magsalita ng ingles?
讀 dú basa	我會讀英文報紙。 wǒ huì dú yīng wén bào zhǐ Marunong akong magbasa ng ingles na diyaryo.
寫 xiě sulat	我在寫信。 wǒ zài xiě xìn Ako ay sumusulat ng liham.
看 kàn tingin / nuod	我要去看電影。 wǒ yào qù kàn diàn yǐng Gusto kong manuod ng sine.
懂 dǒng naintindihan	你懂嗎？ nǐ dǒng ma Naiintindihan mo ba?
吃 chī kain	我在吃午餐。 wǒ zài chī wǔ cān Kasalukuyang ako ay kumakain ng tanghalian.
喝 hē inom	想要喝一杯飲料嗎？ xiǎng yào hē yī bēi yǐn liào ma Gusto mo bang uminom ng isang basong malamig na inumin?

玩 wán laro	我在公園玩球。 wǒ zài gōng yuán wán qiú Ako ay naglalaro ng bola sa may liwasan.
唱 chàng kanta	你會唱歌嗎？ nǐ huì chàng gē ma Marunong ka bang kumanta?
開 kāi buklat/ bukas	打開書。 dǎ kāi shū Magbuklat ng libro.
拿 ná kumuha	他拿了一張紙，開始寫起信來。 tā ná le yī zhāng zhǐ kāi shǐ xiě qǐ xìn lái Kumuha siya ng isang pirasong papel at nagsimulang sumulat ng liham.
放 fàng ilapag / ilagay	放在這裡。 fàng zài zhè lǐ Ilapag mo dito.
穿 chuān suot	宴會你要穿什麼？ yàn huì nǐ yào chuān shén me Ano ang iyong susuotin?
洗 xǐ linis / ligo / laba	他喜歡自己洗車。 tā xǐ huān zì jǐ xǐ chē Gusto niyang maglinis sa kanyang sariling sasakyan.
賣 mài benta	你賣什麼？ nǐ mài shén me Anong binebenta mo?

買 mǎi bilhin	我要買這一個。 wǒ yào mǎi zhè yí ge Gusto mo bang bilhin ito.
付 fù bayad	她將錢付給了我。 tā jiāng qián fù gěi le wǒ Siya ay nagbayad na sa akin.
給 gěi bigay	我給他一支筆。 wǒ gěi tā yī zhī bǐ Binigyan ko siya ng isang pirasong lapis.
借 jiè hiram	你向他借了多少錢？ nǐ xiàng tā jiè le duō shǎo qián Magkano ang hinihiram niyang pera?
還 huán soli	我會盡快還錢。 wǒ huì jìn kuài huán qián Isosoli ko agad ang pera.
寄 jì padala	我今天會寄信給你。 wǒ jīn tiān huì jì xìn gěi nǐ Nagpapadala ako ng sulat sa iyo ngayong araw.
找 zhǎo hanap	你在找什麼？ nǐ zài zhǎo shén me Anong hinahanap mo?
學習 xué xí nag-aaral	我的妹妹正在學中文。 wǒ de mèi mei zhèng zài xué zhōng wén Nagaaral ang kapatid kong babae ng Chinese.

工作 gōng zuò trabaho	你在哪裡工作？ nǐ zài nǎ lǐ gōng zuò Saan ka nagta-trabaho mo?
生病 shēng bìng sakit	我生病了。 wǒ shēng bìng le Me sakit ako.
休息 xiū xí pahinga	休息一下。 xiū xí yí xià Pahinga muna.
睡覺 shuì jiào tulog	他正在睡覺。 tā zhèng zài shuì jiào Siya ay tulog.
起床 qǐ chuáng gising	我每天早上七點起床。 wǒ měi tiān zǎo shàng qī diǎn qǐ chuáng Gumigising ako ng alas siyete ng umaga araw araw.
洗澡 xǐ zǎo ligo	媽媽，我現在可以洗澡嗎？ mā ma wǒ xiàn zài kě yǐ xǐ zǎo ma Mama, maari na po ba akong maligo?
參加 cān jiā sali	昨天他沒有參加會議。 zuó tiān tā méi yǒu cān jiā huì yì Hindi siya sumali kahapon sa miting.
參觀 cān guān bisita / mamasyal	明天我要參觀台北101大樓。 míng tiān wǒ yào cān guān tái běi yī líng yī dà lóu Bukas mamasyal ako sa gusali ng taipei 101.

旅行 lǚ xíng namasyal	我爸爸在日本旅行。 wǒ bà ba zài rì běn lǚ xíng Ang papa ko ay namasyal sa Japan.
出發 chū fā nagumpisa / kumilos	同一天晚上十點，我們出發開始旅行。 tóng yī tiān wǎn shàng shí diǎn wǒ men chū fā kāi shǐ lǚ xíng Mamayang alas diyes ng gabi, kami ay maguumpisang nang mamasyal.
拍照 pāi zhào kuha ng litrato	我們在這裡拍照吧！ wǒ men zài zhè lǐ pāi zhào ba Kami ay nagpakuha ng litrato dito!
整理 zhěng lǐ mag-ayos	她把花瓶裡的花整理好。 tā bǎ huā píng lǐ de huā zhěng lǐ hǎo Siya ay nagaayos ng mga bulaklak sa flower vase.
認識 rèn shì kilala	我們認識十年了。 wǒ men rèn shì shí nián le Sampung taon na kaming magkakilala.
介紹 jiè shào pakilala	允許我向你介紹我的朋友李小姐。 yǔn xǔ wǒ xiàng nǐ jiè shào wǒ de péng yǒu lǐ xiǎo jiě Nais kong ipakilala sa iyo ang matalik kong kaibigan na si miss lee.
幫助 bāng zhù tulong	你能幫助我嗎？ nǐ néng bāng zhù wǒ ma Maari mo ba akong tulungan?

形容詞
xíng róng cí
Pang-uri

紅色 hóng sè pula	黃色 huáng sè dilaw **CD3 (11)**
橙色 chéng sè orange	綠色 lǜ sè berde
藍色 lán sè asul	紫色 zǐ sè biyoleta
棕色 zōng sè kape	灰色 huī sè abuhin
白色 bái sè puti	黑色 hēi sè itim
深色 shēn sè madilim na kulay	淺色 qiǎn sè maliwanag na kulay

深藍色 shēn lán sè madilim na asul	淺綠色 qiǎn lǜ sè maliwanag na berde
大 dà malaki	小 xiǎo maliit
長 cháng mahaba	短 duǎn maigsi
高 gāo mataas	低 dī mababa
矮 ǎi mababa	窄 zhǎi makitid
寬 kuān malawak	多 duō marami
少 shǎo konti	遠 yuǎn malayo
近 jìn malapit	快 kuài bilis

慢ㄇㄢˋ màn bagal	早ㄗㄠˇ zǎo aga
晚ㄨㄢˇ wǎn gabi / huli	新ㄒㄧㄣ xīn bago
舊ㄐㄧㄡˋ jiù luma	對ㄉㄨㄟˋ duì dapat
錯ㄘㄨㄛˋ cuò mali	好ㄏㄠˇ hǎo mabuti
壞ㄏㄨㄞˋ huài sira	閒ㄒㄧㄢˊ xián hindi abala
忙ㄇㄤˊ máng abala	累ㄌㄟˋ lèi pagod
疼ㄊㄥˊ téng masakit	餓ㄜˋ è gutom
飽ㄅㄠˇ bǎo busog	輕ㄑㄧㄥ qīng magaan

重 ㄓㄨㄥˋ zhòng mabigat	暗 ㄢˋ àn madilim
鹹 ㄒㄧㄢˊ xián alat	淡 ㄉㄢˋ dàn tabang
甜 ㄊㄧㄢˊ tián tamis	酸 ㄙㄨㄢ suān asim
苦 ㄎㄨˇ kǔ pait	辣 ㄌㄚˋ là anghang
新 ㄒㄧㄣ 鮮 ㄒㄧㄢ xīn xiān sariwa	冷 ㄌㄥˇ lěng malamig
熱 ㄖㄜˋ rè mainit	暖 ㄋㄨㄢˇ 和 ㄏㄨㄛ˙ nuǎn huo maligamgam
涼 ㄌㄧㄤˊ 快 ㄎㄨㄞˋ liáng kuài presko	髒 ㄗㄤ zāng madumi
乾 ㄍㄢ 淨 ㄐㄧㄥˋ gān jìng malinis	難 ㄋㄢˊ nán mahirap

容易 róng yì madali	貴 guì mahal
便宜 pián yí mura	舒服 shū fú ginhawa
高興 gāo xìng tuwa	方便 fāng biàn conveniente
麻煩 má fán magulo	滿意 mǎn yì lubos ang kasiyahan
生氣 shēng qì galit	美麗 měi lì maganda

單位
dān wèi
Bahagi

CD3 **12**

❶ 東西的單位
dōng xī de dān wèi
bahagi ng mga bagay

單字 dān zì wika	造句 zào jù pangungusap
位 wèi ito	這位是我的朋友。 zhè wèi shì wǒ de péng yǒu Ito po ang aking kaibigan.
隻 zhī isa	桌子下有一隻貓。 zhuō zi xià yǒu yī zhī māo Mayroong isang pusa sa ilalim ng mesa.
部 bù parte / bahagi	這裡有一部電腦。 zhè lǐ yǒu yí bù diàn nǎo Dito ang mga bahagi ng mga kumpyuter.
個 ge piraso	籃子裡有三個蘋果。 lán zi lǐ yǒu sān ge píng guǒ May tatlong pirasong mansanas sa tray.

枝 zhī isang piraso	這是一枝筆。 zhè shì yī zhī bǐ Ito ay isang pirasong lapis.
張 zhāng isa	房間裡有一張椅子。 fáng jiān lǐ yǒu yī zhāng yǐ zi May isang upuan sa loob ng kwarto.
件 jiàn piraso	我買了兩件衣服。 wǒ mǎi le liǎng jiàn yī fú Bumili ako ng dalawang pirasong damit.
本 běn piraso	桌子上有三本書。 zhuō zi shàng yǒu sān běn shū May tatlong pirasong libro sa ibabaw ng mesa.
頭 tóu isa / ulo	爺爺養了一頭牛。 yé ye yǎng le yī tóu niú Si lolo ay nagaalaga ng isang ulo ng baka.
匹 pī isa	我爸爸為我買了一匹馬。 wǒ bà ba wèi wǒ mǎi le yī pī mǎ Ibinili ako ng papa ko ng isang kabayo.
瓶 píng bote	他一次能喝兩瓶酒。 tā yí cì néng hē liǎng píng jiǔ Kaya niyang inumin ang dalawang bote ng alak.
杯 bēi baso	請給我一杯水。 qǐng gěi wǒ yī bēi shuǐ Please bigyan mo nga ako ng isang basong tubig.

雙 shuāng pares	這一雙鞋多少錢？ zhè yì shuāng xié duō shǎo qián Magkano itong isang pares ng sapatos?
次 cì beses	媽媽第一次出國旅遊。 mā ma dì yī cì chū guó lǚ yóu Pang unang beses pa lang ni mama na mag-abroad.
遍 biàn beses	這本書我看了兩遍。 zhè běn shū wǒ kàn le liǎng biàn Nabasa ko na itong librong ito ng dalawang beses.
一點兒 yī diǎn ér konti	如果口渴就去喝一點兒水。 rú guǒ kǒu kě jiù qù hē yī diǎn ér shuǐ Uminom ka ng konting tubig kapag nauhaw ka.

❷ 時ㄕ間ㄐㄧㄢ的ㄉㄜ單ㄉㄢ位ㄨㄟˋ

shí jiān de dān wèi

bahagi ng oras

秒ㄇㄧㄠˇ miǎo segundo	分ㄈㄣ fēn minuto
刻ㄎㄜˋ kè ikaapat na bahagi	點ㄉㄧㄢˇ diǎn saglit
小ㄒㄧㄠˇ時ㄕˊ xiǎo shí oras	

❸ 貨幣的單位

huò bì de dān wèi

bahagi ng pera

菲律賓幣 fēi lǜ bīn bì Philippine peso	披索 pī suǒ piso

硬幣

yìng bì

barya

10 披索 shí pī suǒ sampung piso	5 披索 wǔ pī suǒ limang piso
1 披索 yī pī suǒ isang piso	25 分披索 èr shí wǔ fēn pī suǒ beinte sinko sentimos
10 分披索 shí fēn pī suǒ diyes sentimos	5 分披索 wǔ fēn pī suǒ singko sentimos

紙幣
zhǐ bì
perang papel

1000 披索 yī qiān pī suǒ isang libong piso	500 披索 wǔ bǎi pī suǒ limandaang piso
200 披索 liǎng bǎi pī suǒ dalawandaang piso	100 披索 yī bǎi pī suǒ isang daang piso
50 披索 wǔ shí pī suǒ limampung piso	20 披索 èr shí pī suǒ dalwamput piso

台幣 tái bì pera ng taiwan	元／塊 yuán /kuài yuan / sentimo

美金 měi jīn dolyar	角 jiǎo diyes
分 fēn sentimos	元 yuán yuan

❹ 長度的單位
cháng dù de dān wèi
bahagi ng layo

公厘 gōng lí milimetro	公分 gōng fēn centimetro
公尺 gōng chǐ metro	公里 gōng lǐ kilometro

❺ 重量的單位
zhòng liàng de dān wèi
bahagi ng timbang

兩 liǎng 1 guhit	公克 gōng kè gramo
公斤 gōng jīn kilo	

❻ 容器的單位
róng qì de dān wèi
bahagi ng container

毫升 háo shēng mililitro	公升 gōng shēng litro

❼ 面積的單位
miàn jī de dān wèi
bahagi ng area

平方公分 píng fāng gōng fēn sq2 cm	平方公尺 píng fāng gōng chǐ sq2 m
公畝 gōng mǔ are	公頃 gōng qǐng hektarya
平方公里 píng fāng gōng lǐ sq2 km	

代詞
dài cí
Panghalip

CD3 **13**

1

	單數 dān shù singular	複數 fù shù plural
第一人稱 dì yī rén chēng	我 wǒ ako	我們 wǒ men kami
第二人稱 dì èr rén chēng	你 nǐ ikaw	你們 nǐ men kayo
第三人稱 dì sān rén chēng	他、她、它 tā tā tā siya、siya、iyan	他們、她們、它們 tā men tā men tā men sila、sila、iyun

○ 我愛你。
wǒ ài nǐ
Mahal kita.

○ 我們很高興見到你。
wǒ men hěn gāo xìng jiàn dào nǐ
Masaya kami at nakita ka namin.

179

● 你ㄋㄧˇ們ㄇㄣ˙兩ㄌㄧㄤˇ人ㄖㄣˊ打ㄉㄚˇ掃ㄙㄠˇ大ㄉㄚˋ廳ㄊㄧㄥ。
nǐ men liǎng rén dǎ sǎo dà tīng
Magwalis kayong dalawa sa salas.

● 他ㄊㄚ是ㄕˋ一ㄧˊ位ㄨㄟˋ老ㄌㄠˇ師ㄕ。
tā shì yí wèi lǎo shī
Siya ay isang guro.

● 她ㄊㄚ很ㄏㄣˇ美ㄇㄟˇ麗ㄌㄧˋ。
tā hěn měi lì
Siya ay napakaganda.

● 牠ㄊㄚ是ㄕˋ一ㄧ隻ㄓ貓ㄇㄠ。
tā shì yī zhī māo
Iyun ay isang pusa.

● 他ㄊㄚ們ㄇㄣ˙四ㄙˋ點ㄉㄧㄢˇ左ㄗㄨㄛˇ右ㄧㄡˋ回ㄏㄨㄟˊ家ㄐㄧㄚ。
tā men sì diǎn zuǒ yòu huí jiā
Mag-aalas kuatro nang sila ay umuwi.

● 她ㄊㄚ們ㄇㄣ˙要ㄧㄠˋ一ㄧˊ起ㄑㄧˇ去ㄑㄩˋ跳ㄊㄧㄠˋ芭ㄅㄚ蕾ㄌㄟˇ舞ㄨˇ。
tā men yào yì qǐ qù tiào bā lěi wǔ
Gusto nilang sabay na magsayaw ng balet.

❷

單字 dān zì wika	造句 zào jù pangungusap
這 / 這個 zhè /zhè ge ito	這是一本書。 zhè shì yī běn shū Ito ay isang libro.
那 / 那個 nà /nà ge iyun	那是我的汽車。 nà shì wǒ de qì chē Iyun ang aking kotse.
哪 / 哪個 nǎ /nǎ ge alin dito	哪個座位是我的? nǎ ge zuò wèi shì wǒ de Alin dito ang aking upuan?
這裡 / 這兒 zhè lǐ /zhè ér dito	我們夏天住在這裡。 wǒ men xià tiān zhù zài zhè lǐ Dito kami naglalagi kapag tag init.
那裡 / 那兒 nà lǐ /nà ér doon	他住在那裡。 tā zhù zài nà lǐ Doon ka nakatira.
哪裡 / 哪兒 nǎ lǐ /nǎ ér saan	他是哪裡人? tā shì nǎ lǐ rén Taga saan ba siya?

❸

單字 dān zì wika	造句 zào jù pangungusap
誰 shéi sino	誰借了我的書？ shéi jiè le wǒ de shū Sinong humiram ng aking libro?
什麼 shén me ano	你說什麼？ nǐ shuō shén me Anong sinasabi mo?
多少 duō shǎo ilan	你們班上有多少學生？ nǐ men bān shàng yǒu duō shǎo xué shēng Ilan kayong lahat na mag-aaral sa klase?
幾 jǐ ilan	這本書有幾課？ zhè běn shū yǒu jǐ kè Ilang leksyon mayroon itong libro?
怎麼 zěn me paano	你是怎麼爬上樓頂的？ nǐ shì zěn me pá shàng lóu dǐng de Paano ka naka-akyat sa rooftop?
怎麼樣 zěn me yàng napaano	比爾先生怎麼樣了？ bǐ ěr xiān shēng zěn me yàng le Napaano si ginoong bill?

ARALIN 42

副ㄈㄨˋ詞ㄘˊ
fù cí
Pang-abay

CD3 **14**

單ㄉㄢ字ㄗˋ dān zì wika	造ㄗㄠˋ句ㄐㄩˋ zào jù pangungusap
沒ㄇㄟˊ有ㄧㄡˇ méi yǒu wala	我ㄨㄛˇ沒ㄇㄟˊ有ㄧㄡˇ錢ㄑㄧㄢˊ。 wǒ méi yǒu qián Wala akong pera.
不ㄅㄨˋ bù hindi	我ㄨㄛˇ不ㄅㄨˋ喜ㄒㄧˇ歡ㄏㄨㄢ她ㄊㄚ。 wǒ bù xǐ huān tā Hindi ko siya gusto.
都ㄉㄡ dōu lagi	我ㄨㄛˇ都ㄉㄡ和ㄏㄜˊ湯ㄊㄤ姆ㄇㄨˇ一ㄧ起ㄑㄧˇ上ㄕㄤˋ學ㄒㄩㄝˊ。 wǒ dōu hé tāng mǔ yī qǐ shàng xué Magkasabay kami lagi ni tom pagpasok sa eskwela.
也ㄧㄝˇ yě din	湯ㄊㄤ姆ㄇㄨˇ也ㄧㄝˇ是ㄕˋ十ㄕˊ歲ㄙㄨㄟˋ。 tāng mǔ yě shì shí suì Si tom ay sampung taong gulang din.
還ㄏㄞˊ hái pa rin	他ㄊㄚ還ㄏㄞˊ在ㄗㄞˋ田ㄊㄧㄢˊ裡ㄌㄧˇ工ㄍㄨㄥ作ㄗㄨㄛˋ。 tā hái zài tián lǐ gōng zuò Siya ay nasa bukid pa rin nagtratrabaho.

又 yòu ulit/ rin	你早上來，晚上又來了。 nǐ zǎo shàng lái wǎn shàng yòu lái le Sa umaga ay nandito ka, pati sa gabi ay nandito nandito ka pa rin.
再 zài ulit/ulitin	請再說一一遍。 qǐng zài shuō yí biàn Paki ulit mo nga yung sinabi mo.
就 jiù nasa	我家就在前面。 wǒ jiā jiù zài qián miàn Nasa unahan lang ang bahay namin.
才 cái halos/ lamang	我才七歲。 wǒ cái qī suì Halos Pitong taon gulang lang ako.
只 zhǐ tangi	我只愛她。 wǒ zhǐ ài tā Tanging siya lang ang mahal ko.
最 zuì pinaka	她最不喜歡游泳。 tā zuì bù xǐ huān yóu yǒng Pinaka ayaw niya ang lumangoy.
很 hěn napaka	你很笨。 nǐ hěn bèn Napaka tanga mo.
非常 fēi cháng talaga	你長的非常高。 nǐ zhǎng de fēi cháng gāo Ang tangkad mo talaga habang lumalaki ka.

極 jí napakalaki	我的工作壓力極大。 wǒ de gōng zuò yā lì jí dà Napakalaki ng pressure sa trabaho ko.
常常 cháng cháng madalas	我常常遲到。 wǒ cháng cháng chí dào Madalas akong late.
一起 yī qǐ magkasama	我們每天一起上學。 wǒ men měi tiān yī qǐ shàng xué Araw araw ay magkasama kaming pumapasok sa eskwela.
已經 yǐ jīng na	我已經八十歲了。 wǒ yǐ jīng bā shí suì le Ako ay walumpung taon gulang na.
比較 bǐ jiào kumpara	這個房子比較大。 zhè ge fáng zi bǐ jiào dà Mas malaki itong bahay kung i-kukumpara.

前置詞
qián zhì cí
pang-ukol

單字 dān zì wika	造句 zào jù pangungusap
從 cóng pinanggalingan	我從台灣來。 wǒ cóng tái wān lái Galing pa ako ng taiwan.
離 lí espasyo	我家離學校很近。 wǒ jiā lí xué xiào hěn jìn Espasyo lang ang eskwela namin sa bahay.
往 wǎng para kay	你往前走就可以看到醫院了。 nǐ wǎng qián zǒu jiù kě yǐ kàn dào yī yuàn le Dumiretso ka para maaari mo ng makita ang ospital.
跟 gēn samahan	我跟你去看電影。 wǒ gēn nǐ qù kàn diàn yǐng Sasamahan kitang manuod ng sine.

把 bǎ asikasuhin	請把錢還給我。 qǐng bǎ qián huán gěi wǒ Please asikasuhin ibalik mo na sa akin ang pera ko.
比 bǐ mas	我比你聰明。 wǒ bǐ nǐ cōng míng Mas matalino ako sa iyo.
對 duì turing	老師對我很好。 lǎo shī duì wǒ hěn hǎo Napakabuti ng turing sa akin ng guro ko.
被 bèi payag	書被他借走了。 shū bèi tā jiè zǒu le Ang libro ay nahiram niya payag ka.
為 wèi kung ganoon	他們為民族獨立而戰。 tā men wèi mín zú dú lì ér zhàn Ipinaglalaban nila ang pambansang kalayaan kung ganoon may kalayaan.
向 xiàng direksyon	我們向你學習。 wǒ men xiàng nǐ xué xí I direksyon kitang matuto.
在 zài nasa	兩兄弟在同一個班裡上課。 liǎng xiōng dì zài tóng yī ge bān lǐ shàng kè Nasa isang seksyon ang dalawang magkapatid.

ARALIN 44

助詞

zhù cí

Pantulong na salita

單字 dān zì wika	造句 zào jù pangungusap
的 de sa	謝謝你的禮物。 xiè xie nǐ de lǐ wù Maraming salamat sa regalo mo.
地 dì sa	我們開始漸漸地相互熟悉起來。 wǒ men kāi shǐ jiàn jiàn dì xiāng hù shóu xī qǐ lái Naging pamilyar din kami sa isat-isa.
得 de ang	你的報告寫得怎麼樣了？ nǐ de bào gào xiě de zěn me yàng le Paano mo isinulat ang iyong report?
了 le na	對不起我遲到了。 duì bù qǐ wǒ chí dào le Paumanhin, na late ako.
著 zhe ng	他們坐著圍成一圈。 tā men zuò zhe wéi chéng yī quān Naupo sila ng pabilog.

過 guò patungo	銀行從這裡走過去十分鐘就到。 yín háng cóng zhè lǐ zǒu guò qù shí fēn zhōng jiù dào Mga sampung minuto magmula rito patungo duon sa bangko.
吧 ba ba	你不是醫生吧？ nǐ bú shì yī shēng ba Hindi ka ba doktor?

接續詞
jiē xù cí
Pang-ugnay na salita

CD3 (17)

單字 dān zì wika	造句 zào jù pangungusap
或者 huò zhě siguro	你喜歡蘋果或者柳橙呢？ nǐ xǐ huān píng guǒ huò zhě liǔ chéng ne Siguro gusto mo ng mansanas o orange?
還是 hái shì pa rin	他脾氣很好，可是我還是不喜歡他。 tā pí qì hěn hǎo kě shì wǒ hái shì bù xǐ huān tā Ok naman ang ugali niya, pero hindi ko pa rin siya gusto.
因為…所以… yīn wèi …suǒ yǐ … dahil…kaya…	因為天氣不好，所以我不想出去。 yīn wèi tiān qì bù hǎo suǒ yǐ wǒ bù xiǎng chū qù Dahil hindi maganda ang lagay ng panahon, kaya ayaw kong lumabas.

不但…而且… bú dàn …ér qiě … lang pala…kundi…	他不但是一位醫生而且還是一位舞者。 tā bú dàn shì yí wèi yī shēng ér qiě hái shì yí wèi wǔ zhě Hindi lang pala siya isang doktor kundi isa ring mananayaw.
雖然…但是… suī rán …dàn shì … kahit na…pero…	他雖然生病，但仍努力工作。 tā suī rán shēng bìng dàn réng nǔ lì gōng zuò Kahit na siya ay may sakit, pero matiyaga pa din siyang nagtatrabaho.
先…然後… xiān …rán hòu … mauna…tapos…	你先上去，然後我再上去。 nǐ xiān shàng qù rán hòu wǒ zài shàng qù Mauna ka nang umakyat, tapos susunod na akong aakyat mamaya.
如果…就… rú guǒ …jiù … kapag…na lang…	如果不會用筷子，就用刀子。 rú guǒ bú huì yòng kuài zi jiù yòng dāo zi Kapag hindi ka marunong gumamit ng chopticks, gamitin mo na lang ang kutsilyo.
只要…就… zhǐ yào …jiù … kundi…na lang…	只要你不哭，我就給你糖。 zhǐ yào nǐ bù kū wǒ jiù gěi nǐ táng Bibigyan kita ng kendi, kundi ka na lang umiyak.

國家圖書館出版品預行編目(CIP)資料

菲律賓人學中文 = Pag-aaral ng Chinese ng Pilipino/智寬文化編輯團隊編著.

-- 第二版. -- 新北市 : 智寬文化事業有限公司, 2021.06

面 ; 公分. -- (外語學習系列 ; A025)

ISBN 978-986-99111-4-6(平裝)

1.漢語 2.讀本

802.86   110008934

外語學習系列 A025

菲律賓人學中文(附QR Code)
2023年2月 第二版第2刷

音檔請擇一下載

下載點A   下載點B

編著者	智寬文化編輯團隊
審訂者	Marilou A. Lee
錄音者	Marilou A. Lee／常菁
出版者	智寬文化事業有限公司
地址	23558新北市中和區中山路二段409號5樓
E-mail	john620220@hotmail.com
電話	02-77312238・02-82215078
傳真	02-82215075
印刷者	永光彩色印刷股份有限公司
總經銷	紅螞蟻圖書有限公司
地址	台北市內湖區舊宗路二段121巷19號
電話	02-27953656
傳真	02-27954100
定價	新台幣350元
郵政劃撥・戶名	50173486・智寬文化事業有限公司